ケンノジ
ill. 三弥カズトモ
Fランク召喚士、
ペット扱いで可愛がっていた召喚獣が
バハムートに成長したので冒険を辞めて
最強の竜騎士になる

Character
ジェイ
召喚士だが、トカゲのキュックしか召喚できないためバカにされている青年。剣の腕前は一流で実はSランクの冒険者だが、その事実を周囲は知らない。
フェリク
魔王軍の侵攻によって家族と領地を失った元貴族のお嬢様。生きるために冒険者になり、ジェイと知り合う。

ヴィンセント
盗賊の頭領で、通り名は"黒狼のヴィンセント"。言動は粗野だが部下思いで仁義に厚い。
アルア
魔法の研究者。世間では魔女と呼ばれている。興味があること以外には無頓着な女性。
アイシェ
ジェイがよく行く食堂の看板娘。元気いっぱいな働き者。
The F Rank Summoner Quits Adventures and Becomes the Strongest Dragon Knight

キュックの体が淡く光った。

体がどんどん大きくなり、四本足で地べたを這っていたのが、二本の後ろ足で立っている。

蜂蜜色をした目に銀の鱗をまとっている。背中に隠しきれない折りたたまれた翼があった。

これは、子供の竜と呼んでも差し支えのない姿だった。

「キュック、おまえなのか？」

「キュアアアアアアアアア――ッ!!」
なんだ、これ。
ただのトカゲだと思っていたが、
もしかすると、違うのか?
俺を癒してくれるだけの存在で、そ
れだけでいいと思っていた。可愛い
だけの相棒だと思っていたら――。

食堂の常連となったフェリクは、
看板娘のアイシェと仲良くなっていた。
「ねえ、フェリク」
「何、アイシェ」

「フェリクは、ジェイさんとは――」
「んなっ、何を言っているのっ」
顔を赤くしたフェリクが、ばしばし、とアイシェの肩を叩くとくすぐったそうに笑った。
年頃女子の微笑ましいやりとりは、子猫がじゃれ合っているような可愛らしさがある。

〈contents〉

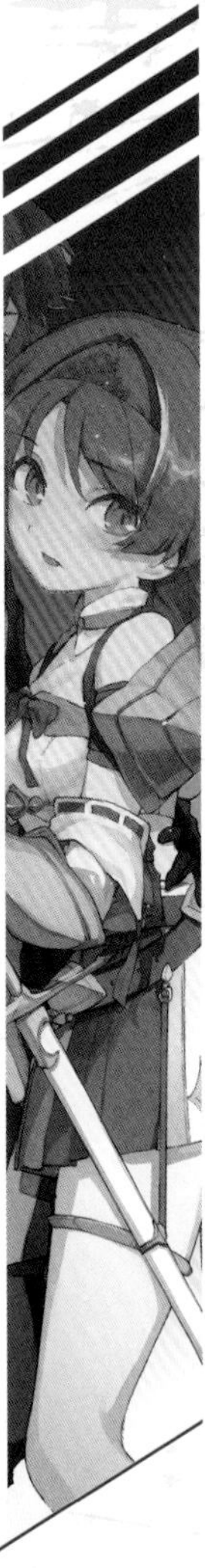

The F Rank Summoner

◆

Quits Adventures and Becomes
the Strongest Dragon Knight

ダッシュエックス文庫

Fランク召喚士、ペット扱いで可愛がっていた召喚獣がバハムートに成長したので冒険を辞めて最強の竜騎士になる

ケンノジ

〈第1章〉進化

王都の冒険者ギルド。

俺がクエストの報告をしていると、後ろから声が聞こえてきた。

「トカゲの召喚士～」

「トカゲしか使えないくせに召喚士名乗ってんじゃねーよ」

「底辺の召喚士様が受けられるクエストはＦしかございませ～～ん！」

ギャハハ、と冒険者三人組の耳障《みみざわ》りな笑い声が響いた。

最近何度か見かけるやつらだった。

「めちゃくちゃ癒《い》やされるから、一度飼ってみるといい」

俺の発言は予期しないものだったのか、三人組が微妙な表情をしている。

色んなやつが同じことでバカにしてくるので、さすがに言い返し方だって思いつく。

それくらい俺にとってはいつものことだった。

腹は立つが、この手の輩《やから》はすぐに死ぬか辞《や》めるかしていなくなる。相手にするだけ無駄だろう。

三人組を避けるようにして俺はギルドをあとにした。

「きゅ」

俺の肩に乗っている手のひらサイズのトカゲが小さく鳴いた。

俺が召喚している召喚獣で名前はキュック。

長所はつぶらな瞳《ひとみ》で癒やしてくれるところ。エサを食べている姿が可愛《かわい》いところ。

短所は、それ以外の全部だ。

召喚獣といえば、戦いのサポートをしてくれる相棒《あいぼう》というのが一般的だが、このトカゲちゃんは、可愛いだけで戦いの役に立ちはしない。

でもそれで十分だった。

常《つね》に一人で冒険をしている俺にとって、キュックは癒《いや》しであり友達だった。

ただ、召喚士としては何もできないのと同じなのでFランク呼ばわり。

本当は、登録した職業にランクなんてないが、冒険者の最低ランクがFなのでそれにちなんでいるんだろう。

俺は行きつけの食堂で食事を済ませ、キュックに餌《えさ》をあげる。

そのあと、メンテナンスに出していた愛剣を受け取りに行くと、日没まで時間があったので試し斬《ぎ》りのため城外の森へ向かった。

冒険者になって召喚獣に戦わせて楽できると思ったが……キュックがこれなので、生きていくには俺自身強くなる必要があった。

さっそく森の中でスライムを発見すると、俺は剣を抜き放ち、体ごと体内にある弱点の核を両断する。

オォォウゥ……、と呻《うめ》き声を上げてスライムはドロドロに溶けた。

よし。剣の調整も上々だな。

あと二、三体くらい試して引きあげよう。

そんなとき、付近から悲鳴が聞こえた。

「あぁぁぁぁあ――――!?」

「なんだよ、こいつ――このっ、クソッ」

「も、もう一体出てきやがった!?」

パニックに陥《おちい》っているような騒ぎ声を頼りに、俺はそちらへ駆けていくと、槍《やり》や剣を振っている男が二人いた。

さっき俺をギルドでバカにしたやつらだった。

もう一人の仲間は、変異体とされる巨大なスライム……ギガスライムに取り込まれている。

息苦しそうにもがいており、仲間が助けようと剣を叩《たた》きつけているが、ギガスライムは意に介《かい》した様子がない。

本来スライムという魔物は、そう簡単には斬れないからな。

見て見ぬふりを決め込むほど、俺はあいつらのことを怒っていない。

腹の立つ言動はあったが、目の前で死にそうだったり大怪我《けが》をしそうな場面をスルーしようとは思えなかった。

「おい、大丈夫か？」

「トカゲの召喚士……!?」

二人は俺に気づいたが、もがき苦しむ仲間ともう一体出現したギガスライムに気を取られていた。

「邪魔だから下がってろ」

「Fランク召喚士のあんたじゃ無理だ！　足手まといだ！　トカゲに何ができるってんだ！」

「助けを呼んできてくれ！　でないと仲間がっ！」

取り込まれた一人が白目を剝《む》いて意識を失《な》くしたようだった。

「そうだな。早くしないとな――」

抜刀《ばっとう》すると、足下で空《くう》を一度斬る。二体か。ちょうどいい。

「な、何やってんだよ!?　さ、さっきはバカにして悪かった！　だから――」

「スライムが剣でどうにかなるわけねえだろうが!?」

「……いや。案外そうでもない」

俺は一歩踏み出し、体重を乗せた全力の剣撃をギガスライムに叩き込む。

普通ならここで体に押し戻される……が、俺は違った。

十分な剣速と剣圧があれば、一撃で核まで届く――。

刃《やいば》がクルミのような灰色《はいいろ》の核に食い込み、剣を振り抜くとそれが砕《くだ》け散った。

「オロロロロロロォォォォウウウ――!?」

断末魔《だんまつま》のような叫び声をあげると、ギガスライムの一体はドロドロに溶けた。

「え――、き、斬った？」

「このデカブツは！　ギガスライムだぜ!?　物理無効の代表的な魔物だぞ!?」

べしゃり、と中にいた仲間が放り出されると、地面に向かってゲホゲホ、と咳《せ》き込んだ。

物理無効《そんなやつ》に物理攻撃してたのはおまえらも同じだろうに。

残りの二人は、仲間が無事だったことよりも、俺を見て目を白黒させている。

「Fランク……なんだろ？」

「そりゃ、誰かが勝手に言い出したことだ」

冒険者としてのランクは全然違う。

「召喚士なのに、剣士……？」

「召喚獣がこれだからな」

まだ俺の肩にしがみついていたキュックの頭を指で撫《な》でる。

「そんなことよりも仲間を連れてとっとと逃げろ。おまえたちじゃ相手にならない」

俺はもう一体のギガスライムに相対《あいたい》した。

「すまない……バカにして」

話す時間がもったいないので俺は小さく肩をすくめた。

残りのギガスライムを攻撃しようとしたとき、「ハァーッ」とキュックが何かを吐き出そうとした。

ブフォッ。

一瞬、口から黒銀色《くろがねいろ》をした炎が見えた。

キュック？

今までこんなことは一度としてなかった。

不思議に思った俺は、キュックを地面に降ろして試しに魔力を注いだ。

すると、キュックの体が淡く光った。

体がどんどん大きくなり、四本足で地べたを這《は》っていたのが、二本の後ろ足で立っている。

体格は立ち上がった熊《くま》に近い。

蜂蜜色《はちみついろ》をした目に銀の鱗《うろこ》をまとっている。背中に隠しきれない折りたたまれた翼があった。

これは、子供の竜と呼んでも差し支えのない姿だった。

「ど、ドラゴン!?」

ていた。

「な、なんでこんなところに⁉」

男たちは腰を抜かし、ずりずり、とその場から這うようにして逃げていった。

キュックらしき子竜は、口からゴフォ、ブフォォォ、と試運転のように黒い炎をちらつかせていた。

「キュァァァァァァァァァァ――――ッ!!」

雄叫《おたけ》びを上げると、カッと口元から黒い閃光《せんこう》が瞬《またた》く。

放たれた黒い炎は、ギガスライムを瞬時にして蒸発させた。

なんだ、これ。

ただのトカゲだと思っていたが、もしかすると、違うのか？

俺を癒やしてくれるだけの存在で、それだけでいいと思っていた。

可愛いだけの相棒だと思っていたら――。

「キュック、おまえなのか？」

「きゅ……」

目が優しくなった。俺がよく知っているキュックの目だ。

今まで何度も魔力を注いできたが、こんなふうになることはなかった。

引っ込める意味も召喚し直す意味もないから、ペット代わりに出し続けていたせいだろうか。

俺が剣を覚えたように、キュックはキュックなりに、召喚中に色々な経験を積んできたのかもしれない。

「きゅぅ」

俺の手が届くところに頭を持ってくるので、俺はよしよし、と頭頂部を撫でてやった。

嬉《うれ》しそうにキュックは目を細めた。

ペットでしかなかった癒し系トカゲが、可愛がって育てた結果、竜へと進化した。

「戻れ《バック》」

召喚魔法を解除すると、シュン、とキュックの姿が消えた。

「……」

俺が契約したのは、ドラゴンだったのか……？

キュックは俺がはじめて呼び出した召喚獣だ。

何度やっても、他の魔物が現れることがなかったから、俺は召喚士としての才能はないんだと諦《あきら》めていたくらいだ。

おかげで剣だけでSランク冒険者にまでなれたわけだが……。

召喚魔法とは、亜空間を作りそこから契約した契約獣を出し入れする、いわば収納魔法のようなものとされている。

人によっては特定の存在を呼び出したり戻したりする転移魔法と考えている人もいるし、精神を具現化《ぐげん》させたものが召喚獣であると考える人もいる。

正直、わからない部分の多い魔法でもあった。

ギガスライムの壊れた核を革袋《かわ》に入れると、俺はさっきの討伐《とうばつ》報告をするため、またギルドへと戻った。


「お待たせいたしました。ステルダム様、今回はどのようなご用件でしょう？」

少し順番待ちをすると、顔見知りの受付嬢が応対してくれた。

「王都城外の森に、ギガスライムを発見して討伐しました。その報告に」

俺はカウンターに革袋を載《の》せた。

「ギガスライム……ですか？」

「このへんじゃ見ないでしょう。どこからか流れ着いたのかもしれません」

「ご報告ありがとうございます。注意喚起させていただきます。……ギガスライムの討伐の証《あかし》は、Sランク冒険者のステルダム様でしたら確認は不要かと思うのですが」

申し訳なさそうに言うので、俺は手を振った。

「いやいや。気にしないでください。他の冒険者の目もあるでしょう。中身を確認してください」

「ご理解いただけて幸いでございます。少々お待ちくださいませ」

丁寧《ていねい》に頭を下げた受付嬢が革袋を持って奥へと消えていく。

俺がSランク冒険者であることを知っているのは、このギルドで働く職員たちだけだった。

ランクをわざわざ言わないので、俺が『Fランク召喚士』だと知らなければ、長く活動している古株冒険者くらいにしか思わないだろう。

数人いる他のSランク冒険者は、身なりや装備品も高価で、連れている仲間がたくさんいる。

俺が連れているのはトカゲだけだし、悪目立《わるめだ》ちしなければ何でもいいという服装だし、愛剣も有名なものではない。良い品ではあるが、長く使い込んでいることもあり古ぼけて見える。

そうだと知らなければ、俺をSランク冒険者だと誰も思わないし、周囲にそれを知っている冒険者はもう誰もいない。

ギルド職員もわざわざ口外しないし、俺も言わない。

過去にそのことを知っているやつは何人もいた。

だが、みんな死んだ。

長年消息不明のやつもいる。

以前、受付嬢とのちょっとした雑談の中で「どうしてランクを言わないのですか？」と訊《き》かれたことがあった。

答えは簡単だった。

「ランクを笠《かさ》に着てイキがるやつに、ロクなやつはいないからです」

くすくす、と受付嬢は控《ひか》えめに笑った。思い当たる節《ふし》がたくさんあったんだろう。

「たしかに」

「長く続けたやつだけは、どこかで俺のことを耳にするでしょう。だからわざわざ言わないんです」

「冒険者を続ける方は平均三年のようですから……九割方は知る前に辞めるかしていなくなるでしょう。ステルダム様のことを知る権利がないひよっこということですか」

「変に俺を利用しようとする輩が現れるのも嫌ですから」

そんな会話をしたことをぼんやりと思い出していた。


ギガスライムの討伐の確認が終わったらしく、受付嬢はひと月分の宿と飯《めし》に困らないほどの報酬《ほうしゅう》を持って戻ってきた。

「こちらが報酬です。ご確認くださいませ」

俺はお礼を言ってギルドをあとにした。

臨時収入があったので、今日は贅沢《ぜいたく》ができそうだ。

行きつけの食堂にやってきた俺は、普段食べない高い料理を食べながら、キュックのことをまた思い出した。

「一体なんなんだろうな、あいつは」

ドラゴンなら最初からそうだって言ってくれりゃいいのに。

召喚士としての俺の力も、以前より上がっているってことか？

「どうしたんですか？」

看板娘《かんばん》のアイシェが小首をかしげる。

「ああ、いや。こっちの話」

「ジェイさん、恋のご相談ならいつでも待っていますから！」

アイシェに快活な笑顔で言われ、俺は苦笑した。

あいつって言ったのが聞こえていたのかもしれない。

「それはしばらくなさそうだな」

ふと足下を見ると、冒険証が落ちていた。

「あ、これ、落とし物」

「あ。さっきこの席で食事していた冒険者さんのかもしれません。今度来たら、渡しておきますね」

「それでもいいけど、冒険証は冒険者である証で、クエストを受けたり報酬を受け取ったりするのに必要な物だ。誰かわかれば、渡してあげられるんだけど」

冒険証にある名前に見覚えはない。

Eランクか。

「ゴブリン狩りのクエストを受けたって話しているのが聞こえましたよ」

三人組の冒険者だったとも教えてくれた。

ここらへんでゴブリン狩りのクエストがあるとすれば、城外の平原のほうだろう。

キュックで試したいこともある。それをするには、王都城内じゃ目立つ。

「じゃあ、俺が預かるよ。たぶん、見つけられると思うから渡しておく」

「ありがとうございます、ジェイさん」

にこりとアイシェは笑顔になった。

のんびり飯を食べるはずだったが、俺の贅沢よりこっちのほうが先だろう。

俺は食事の残りを片付けると代金を支払い、忘れ物を渡すべく城外へ向かった。

「召喚《サモン》」

召喚魔法を発動させると、淡い光とともにあの子竜の姿が形作られた。

さっきの進化版キュックが現れた。トカゲ状態ではなかった。

「きゅううう！」

かぷ。

キュックに頭ごと噛《か》まれた。

噛まれたというより口に含まれた。

　ぺしぺし、と叩くとすぐに口を開けてくれた。

「ずいぶんご機嫌なことしてくれるな」

「きゅう」

　たぶん、じゃれてきただけなんだろう。

　目は無邪気そのもので、悪意をまるで感じない。

「この翼って、飛べるやつ？」

「きゅ？」

　後ろへ首を回すキュックは、今はじめて気づいたような顔をしている。

　翼がついている自覚なかったのかよ。

「俺、乗せられる？」

「きゅぅー？」

　今まで飛んだことないからわからないよな。

　ばさばさ、と翼を動かすと、ふわりと浮いた。

　はじめての感覚が嬉しいのか、「きゅー！」と鳴き声をあげてあちこちを飛び回りはじめた。

　しばらくして戻ってきたキュックに屈《かが》んでもらい、背に乗ってみた。

　馬に乗るよりも視線が高く開けている。ちょうどいい場所に背びれがあったので、それに掴《つか》まった。

「いけるか？」

「きゅ」

心なしか顔をキリリとさせたキュックは、翼をはばたかせ再び空へ舞い上がった。

キュックがさっき飛び回っていた気持ちが少しわかった。

遮《さえぎ》る物が何もない視界に、空と太陽と風だけがここにある。

「めちゃくちゃ気持ちいいな」

俺はゴブリンが多くいそうな平原を指差し、キュックに飛んでもらった。


馬でも三〇分ほどかかる場所の上空へ五分もかからず到着する。

そこには、無数のゴブリンに囲まれている人間が三人いた。

たぶんあれだ。

怪我《けが》をしたのか、一人が蹲《うずくま》っている。

その一人を守るように二人がゴブリンと戦っていた。

ゴブリンがねぐらにしやすい場所に近づきすぎてしまったのだろう。

「まずいな。助けてやらないと」

俺の言葉を聞いたキュックは、一気に急降下をはじめた。

ぐんぐん地上が近づき、衝突しそうな瞬間地面と並行に空を駆ける。

「ギャギ!?」

「ググギャ！」

ゴブリンが俺たちに気づいた。

その瞬間、抜き放った剣でふたつ首を飛ばした。

「キュァァ！」

鳴き声を上げたキュックが、大口を開けて一体の頭を噛み砕く。

ゴブリンたちの注意を完全にこちらへひきつけた。

戦っていた二人は、怪我人に肩を貸してその場を離脱していっている。

よし、それでいい。

三人が置いていった物の中に、初心者用のショートボウと矢を見つけた。

地面すれすれをキュックに飛んでもらいそれを回収。

空中で矢をつがえ、こっちを指差しているゴブリンに向かって射《い》る。

ガヒョン――ッ
目から後頭部へ矢が抜けると、どさり、と一体が倒れる。

「ガギャ、ギギギャ！」

ゴブリンたちは、空中にいる俺たちをどうにかしようと石を投げてくる。

だが、まったく届く気配はない。

二射、三射と矢を放っていく。俺は棒立ちだったゴブリンをことごとく倒していった。

矢はすぐになくなった。

だが、三人は逃げられたみたいだし、あとは適当に追い散らそう。

そう思っていると、ねぐらがあると思《おぼ》しき窪地《くぼち》から、他のゴブリンとは違う雰囲気《ふんいき》をまとった一体が現れた。

他のゴブリンは腰布《こしぬの》程度しか身につけていないのに、そいつだけは、ローブのような布を纏《まと》っている。

「――、～～～」

何かつぶやいている。

「ゴブリンシャーマンだな」

通常のゴブリンよりも知能が高く、小規模の群れを統率《とうそつ》することが多い。

一番の特徴は独自の攻撃魔法らしきものを放ってくるところだ。

ゴブリンシャーマンは両手のひらを空へかざすと、小麦色をした光弾を放った。

地上で相対していると厄介《やっかい》だが、空中で見ると大したことないな。

すぃー、とキュックが攻撃魔法をあっさりと回避する。

「雑魚《ざこ》はいいけど、ゴブリンシャーマンだけは狩っておくか」

あいつがいるのといないのとでは、ゴブリンによる被害が大きく変わると言われるくらいだ。

「――、～～～」

また同じ攻撃を繰り返そうとしている。

「次でラストだ。行くぞ、相棒」

「きゅ！」

敵の頭上へやってきたキュックが直滑降を開始する。太陽を背にしたせいか、どのゴブリンも眩《まぶ》しそうに目を細めていた。

「ギャーガ、ラーガ――！」

ゴブリンシャーマンが再び光弾を放つ刹那《せつな》、俺は剣で体を両断した。

ゴブリンシャーマンがやられたのを見たゴブリンたちは、散り散りになって逃げ出した。

ああやって統率《とうそつ》されて集団で襲《おそ》われると、低級冒険者は手こずるが、一体ずつなら大した脅《きょう》威《い》にはならない。

もう放っておいていいだろう。

地上に降りると、俺はゴブリンシャーマンの耳と身につけていたローブを回収する。

ローブはかなりクサイ。

「ぎゅううう……」

嫌そうに目を細めたキュックが、俺から距離を取った。

「討伐《とうばつ》の証《あかし》としてだから」

ずっと持ってるわけじゃないぞ、とアピールしたけどキュックは顔をしかめたまま。

移動のため乗せてもらおうと近寄ると逃げる。

まあいい。王都はそこまで遠くない。仕方ないが歩いて移動するか。

あの冒険者たちはどうなっただろう。冒険証を渡してやらないと。

きょろきょろと周囲を見回しながら歩いていくと、すぐに人影を見つけた。

一人は横になり、二人が手当てをしているところだった。

手当てをしている一人がこちらに気づくと、手を振った。

「あのー、さっきの助けてくれた人？」

女性の声だ。

「ああ。そいつが空から現れたんならたぶん俺だろう」

話しかけてきたのは少女といってもいい年頃の女性で、絵に描いたような駆け出し冒険者だった。印象的な長い赤髪で、青い瞳《ひとみ》をしている。

仕立てがよさそうな服の上には、簡単な防具を装備し腰には細剣を提《さ》げている。

他の二人は年を食ってそうな男だが、素人《しろうと》の雰囲気《ふんいき》があった。

ちょうど、ゴブリンを倒す装備をください、と防具屋で言えば揃《そろ》うような手甲《てっこう》や革《かわ》の胸当てを身につけている。

「さっきはありがとう。本当に助かったわ。ゴブリン討伐のクエストだったんだけど……囲まれちゃって」

「よくあることだ。気にするな」

俺は近寄っていき、冒険証を取り出して心当たりがないか尋《たず》ねた。

「これ、食堂で落とさなかった？」

「あ。それ、私の！　食堂に落としていたのね。見つかってよかった」

渡すと、少女は安心したようなため息をついた。

「悪用されて、気づいたらギルド出禁なんてこともある。紛失《ふんしつ》には十分気をつけたほうがいい」

「ええ。そうするわ」

冒険証に記載されている名前は、フェリク・イーロンドとあった。

イーロンドだけではピンとこなかったが、赤髪のイーロンドとなれば、少し前に没落した伯《はく》爵《しゃく》家のイーロンドで間違いないだろう。

となると、この子は、その家のお嬢さんってところか。

怪我《けが》を負った男は、ゴブリンに噛《か》まれたり爪《つめ》で刺されたりしたそうだが、命に別条はなさそうだった。

「あなたすごいのね！　あの子……ドラゴンに乗ってゴブリンをズバズバ倒してしまうなんて！　魔物使い？」

「あぁー……冒険者ギルドでは、召喚士として登録してある」

「ドラゴンがあんなに人の言うことを聞いているところ、はじめて見たわ」

「付き合いが長いからな」

ドラゴンとしてはほんの数時間だが。

「まだ小さいわよね。子供かしら」

興味津々《しんしん》といった様子のフェリクは、目を輝かせながらキュックに近づいていっている。

警戒心《けいかいしん》を露《あら》わにしたキュックは、じいいいい、とフェリクを見つめて、害意がないのはわかったのか撫《な》でられるがままだった。

男二人に話を訊《き》くと、二人はフェリクに雇《やと》われただけらしい。腕に覚えはあったと言っているが、どこかのタイミングで依頼料だけせしめて逃げる気だったんだろう。

「そんな安い商売してちゃ、いくら命があっても足りなくなるぞ」

俺はひと言だけ忠告をしておいた。

バツが悪そうにする二人に背を向けて、俺はフェリクに話しかけた。

「他人を雇うんじゃなくて、冒険者同士きちんとパーティを組んだほうがいい。腕が確かだと言っても、あくまでも自称で、実戦で使い物になるかどうかわからないだろう?」

風体《ふうてい》でだいたいわかりそうなもんだが、フェリクには難しかったんだろう。

「一人で戦うよりマシでしょう?」

って、あの二人に言われたんだろうな。

王都特有のルーキー狙《ねら》いの詐欺師《さぎし》みたいな輩《やから》はときどき見かける。

危なっかしいお嬢さんだ。

年頃の少女が、三〇~四〇代くらいの男二人と行動を一緒にするなんて、世間《せけん》知らずもいい

ところだ。何されても知らないぞ。

「忠告はしたからな。……あと、これ。ゴブリンシャーマンの討伐の証だ。ギルドに持っていって倒したことを報告すれば報奨金《ほうしょうきん》がもらえる」

「ありがたいけれど、どうして私に？」

「親切な先輩冒険者を雇ったほうがいい。その資金に」

「……」

フェリクは納得したように何度かうなずいた。

それから、怪我人をキュックに乗せて、俺たちは歩いて王都へ戻った。

召喚状態を解除しキュックを消すと、男たちはお礼を言った。

「手当てありがとう、お嬢ちゃん」

「あんたも、ピンチに駆けつけてくれて助かった。ありがとう」

これに凝《こ》りて、まともに仕事をしてくれたらいいが。

去っていく二人を見送るフェリクは、なぜか満足げだった。

「人に感謝されることは、とても気分がいいわ」

騙《だま》されてたんだけどな、と俺は心の中でつぶやいた。

二人で食堂に顔を出すと、俺はアイシェに冒険証を届けたことを伝えた。

「冒険証渡せたんですね！　ジェイさん、ありがとうございます」

「いいえ」

……まあ、お礼を言われて悪い気はしない。

「さっき食べたお料理も美味《おい》しかったし、信用の置けるお店ね」

「ああ。俺の行きつけの店だ」

「あの子って、バハムートの子供でしょう？　本で見たのとそっくり」

バハムートは、ドラゴンの中でも特に強いとされる竜種だ。

「え？　……あ、ああ、そうだ」

キュックってバハムートだったのか？

聞いた話では、似ているかもしれないが、そもそも見たという人間がほとんどいない。

フェリクが言ったように、本か何かで情報が残っていたりするが、正確なものかは怪《あや》しい。

「親切で剣の腕も立つ上にドラゴンの召喚士……」

ぽつり、とフェリクが口にする。

……熱視線を感じるのは気のせいだろうか。

冒険者ギルドへやってくると、フェリクが受付嬢に説明をした。

「ゴブリン退治《たいじ》のクエストをしていたところに、ゴブリンシャーマンを発見したので討伐したわ。これがその証の……耳とちょっとクセのあるニオイがするローブよ」

「確認させていただきます」

受付嬢は、革袋の中を覗《のぞ》いて確認をした。

席を外すとしばらくして戻ってきた。

「イーロンド様、お手柄《てがら》でしたね。ゴブリンシャーマン討伐、お疲れ様でした」

「ていうのを、この人が一人で」

いきなりフェリクが俺を指差して話の中心にした。

「ステルダム様が？」

「……ええ、はい。フェリクも手伝ってくれたので」

「一日に二度も上位種を討伐してくるとは。さすが、ランクに違《たが》わぬ腕前ですね」

「たまたま出くわしただけですから」

俺が話をしていると、横からこそっとフェリクが話しかけてきた。

「あなた、ステルダムっていうのね」

「ああ。ジェイ・ステルダムだ」

冒険証を渡したらすぐに立ち去る予定だったから名乗らないつもりだった。

「ジェイはすごいのよ。知ってるかしら。ドラゴンの召喚士なんですってね！　ゴブリンを斬《き》って斬って、斬りまくって、そんな人に助けてもらうなんて、私びっくりして――」

「ドラゴンの、召喚士……？」

引っかかったのか、受付嬢は怪訝《けげん》そうな目を俺に向ける。

そりゃそうだ。俺はトカゲの召喚士として知られている。不思議がるのも当然だろう。

「ステルダム様が大変頼りになる方というのは、わたくしどもも十分存じております」

と、受付嬢が言うと、フェリクが一部始終を興奮《こうふん》気味に語りだした。

「空からやってきて、ゴブリンを一気に二体も！　剣を目にも留まらない速さで抜いて――」

「フェリク、もういい。大丈夫、わかったから。――あの、報奨金はもらえるんですよね？」

「ええ。一〇万リンです。こちらをどうぞ」

フェリクが紙幣《しへい》を受け取ると、そのまま俺に突き出してきた。

「これ」

「俺は要《い》らない。臨時収入が今日あったから。フェリクの今後の路銀《ろぎん》にでもしたほうが」

俺が受け取りを拒否していると、フェリクは俺の手を握った。

「違うわ。言ったじゃない、あなた。親切な先輩冒険者を雇ったほうがいいって。だから、これであなたを雇うの」


「ごゆっくりどうぞ」

再び食堂に戻ると、アイシェが俺たちを一番奥の目立ちにくい席へ案内してくれた。

目の前に座るフェリクは不満げに唇《くちびる》をへの字にしている。

フェリクの容姿は他の客の目を引くものだったようで、珍《めずら》しげにこちらを窺《うかが》っているのがわかった。

それはアイシェもそうだった。頬《ほお》を上気《じょうき》させながらワクワクしたような顔をしている。

アイシェ、期待に沿えなくて悪いが、愛や恋を語らうわけじゃないぞ。

俺を雇うと言い放ったお嬢様は、唇を尖《とが》らせていた。

「もう一度言うけど、俺は誰かを世話したり教えたりするつもりはないんだ」

トカゲの召喚士って陰口《かげぐち》を叩《たた》かれているくらいだ。フェリクまで笑いものになってしまう。

自分で言うのもあれだが、Sランクは結構な冒険者ギルドへの貢献《こうけん》度と実力を示すものだ。

だが、ギルド関係者以外、それを知っている者はいない。

冒険者になってから、俺はパーティを組んだことがない。

上がっていったランクを見せびらかしたり自慢したりすることもしなかった。

だから、俺をSランクと知らないやつらにああやってバカにされることがある。

「雇えと言ったのはあなたでしょう?」

「俺を雇えとは言ってない。せっかくの一〇万リンがもったいないぞ」

「……元々あなたのお金でしょう? 使い方は私が決めるのに、勝手ね」

「このじゃじゃ馬は、ああ言えばこう言う」

「だ、誰がじゃじゃ馬ですって!」

俺の頬を張ろうとしたフェリクの右手をぺし、とはたく。

「俺を叩こうなんて十年早い」

フェリクの口角がどんどん下がっていって、両手で顔を覆《おお》った。

「お父様にもお母様にも乳母《うば》にもあんなことを言われたことはないのに……」

ざわざわと店内がざわついている。めちゃくちゃ注目されていた。

トカゲの召喚士が少女を泣かせていた、なんて噂《うわさ》が立つと、また仕事がやりにくくなる。

「いや、その、悪かった。言い過ぎた。謝る。この通りだ」

ためらいもなく俺は頭を下げた。フェリクを見ると、まだ手で顔を覆ったままだった。

「わからないの。冒険者になったはいいけれど、誰の言葉を信じていいのか。騙されているかもとは思ったわよ……でも、あの二人は親切そうだったから」

あー……、なんか、これまでの不安や不満を一気に噴出させちまったらしい。

親切そうだって思わせるのも手口なんだぞ、と言ってやりたいが、火に油を注ぐことになりかねない。

俺は困ってアイシェを振り返ると、怒ったように顔をしかめて、首を振っていた。

「はぁ……わかったよ」

頭をかきながら、俺はため息とともに言った。

「一〇万で受けてやろう」

「本当？」

顔を隠していた手がなくなると、そこには期待感ばっちりの明るい表情があった。

……泣いてたんじゃないのかよ。

「ただし、一回きりだ。高いと思うならやめろ」

「いいわ。元々私が稼《かせ》いだものでもないし」

一回くらいならいいだろう。

付き合いを長くすると、「トカゲの女」だなんてしょーもないことを言ってバカにするやつが出てくるだろうから。


翌日、ギルド前で待ち合わせをしていると、フェリクがやってきた。

「今日からお願いするわね」

「今日からじゃなくて、今日だけな」

「頑《かたく》なね。いいじゃない。ここを拠点《きよてん》にして活動するなら、あなたと顔を合わせることも増えるのだから」

「協力するのは今日だけだってことだよ」

俺が教えられることって、何かあるだろうか。

昨日別れてから、宿屋で考えていたが、これといって何も思い浮かばなかった。

中に入ると、今日も冒険者ギルドは活気づいていた。

「フェリクは、Eランク？」

「ええ。なりたてのEよ」

ギルドで受けられるクエストは、掲示板に張ってある公募系クエストが主で、あとは、ときどき受付嬢が個別に案内してくれるものの二種類。

「フェリクは何ができるんだ？」

「細剣と今のところ火の初級魔法。今のところね、今のところ」

いずれ中級も使えるようになるぞっていうアピールがすごい。

「魔法がメインならそれに合ったクエストを選ぶことだ」

昨日のゴブリン退治はスタイルに合っているクエストだったが、運悪く敵の数が多すぎた。

「講習クエストでもいいんだぞ。慣れないうちは」

冒険者になりたてのFランクが受ける超簡単なクエストのことだ。通称講習クエスト。

冒険者ギルドの使い方やクエスト完了までの流れを覚えるためのものだ。

「いやよ。せっかくEランクなのだから、Eを探すわ」

俺のススメを断って、クエスト票を一枚指差した。

「橋の補修警備」

見てみると、橋の補修工事をしている間、大工を守ってほしいというものだった。資材を狙う盗《ぬす》っ人《と》でもいるんだろう。

「よし。じゃあそれにしよう」

警備クエストというのは、悪党や魔物が現れなければやることがないので、実は結構暇《ひま》だったりする。

「……クエストって、こんなのでいいの?」

「警備クエストはこんなもんだ」

くわぁ、と俺はあくびを噛み殺して、橋を補修している大工たちを眺《なが》める。

期限は一日。明日はまた別の冒険者がやってくるだろう。

魔法は、実家にいたころ家庭教師を雇って習わせてくれたものだとフェリクは教えてくれた。

表情が少し悲しげなのは、家族のことを思い出したからだろう。

そこに幌《ほろ》馬車が一台やってきた。

橋の袂《たもと》で止まり行商人らしき男が大工から事情を聞いている。

ふと、周囲に魔物の気配を感じた。

「フェリク、仕事の時間だ」

「え？」

魔物数体に、他に何人かいる。そのうち一人は魔物使いだろう。

そう予想したと同時に、茂みから短剣を装備した犬型の魔物、コボルトが四体姿を現した。

「で、出た!?」

「落ち着け。フェリク、魔法を」

昨日は、ゴブリンに接近されたせいで使えなかったんだろう。

ふう、と一度呼吸を落ち着かせたフェリクは、火炎魔法を発動させる。

「フレイムショット」

かざした手のひらに火炎の弾が出来上がり、ボフン、と音を立てて飛んでいった。

「グォ!?」

上手《うま》く一体に命中した。だが、それでこちらの存在がバレてしまった。

「や、やったわ！」

「気を抜くな。他にまだいるぞ。おそらく商人の荷物狙いだろう。近づけさせるな」

「わかったわ！」

火炎魔法にコボルトは為《な》す術《すべ》がなく、一体、また一体と魔法を食らっていった。

「ここの警備を任されている冒険者です。やつらの狙いは荷物や資材でしょう。それは俺たちが守りますから、落ち着いて避難を」

俺は大工と商人に言うと、混乱している様子ではあったが、大工たちはきちんと指示に従って、敵とは逆方向へ逃げはじめた。

「あなたも早く！」

「そ、そう言って私の荷を奪う気なんだろ⁉」

「そんなわけ――」

フェリクが戦っているっていうのに、どうしてそうなる。

頑《がん》として動きそうにないので、俺は仕方なくここを守ることにした。

「フェリク、そのまま魔法で攻撃と牽制《けんせい》を」

「わかったわ！」

俺はキュックを召喚した。

「召喚」

キィイン、と光を放ちキュックが現れた。狭いどこかに閉じ込められていたかのように、ぶるぶる、と首を振った。

「きゅぉぉぉぉ！」

「うぉおわあああ⁉　ど、どどどドラゴン⁉」

商人のおっさんが腰を抜かしている。相手をする時間が惜《お》しい。

「キュック、周囲に魔物を操《あやつ》ってる人間がいるはずだ。見つけ次第《しだい》やるぞ」

「きゅぉ」

背中に飛び乗ると、キュックは翼を広げてすぐさま空へ舞った。

空中から見ると、敵がどこに潜《ひそ》んでいるのかなんて丸見えだった。

茂みの中に三人いる。

密集はせず、連携《れんけい》や合図がしやすいような距離感だった。

おそらく、橋の補修工事を知って、実入りのよさそうな獲物《えもの》を待ち伏せしていたんだろう。

コボルトにまず襲わせて、自分たちは手を汚さないつもりか？

心配になってフェリクの様子を窺うと、苦戦しているようだった。

「くぅう、この！　当たらない！」

突然の火炎魔法に泡《あわ》を喰《く》ったコボルトだったが、慣れてきたのか、回避するようになっていた。

野生のコボルトではなく、魔物使いに使役《しえき》されている。

理性的に回避や防御《ぼうぎょ》ができているのは、魔物使いの力によるところが大きい。

「まずはあいつだ」

「きゅ」

魔物使いと思《おぼ》しき一人に狙いを定める。

ようやく俺とキュックに気づいたが、もう遅かった。

「空だ、空！」

他の二人が矢を射《い》ってくる。俺は剣で一本二本と矢を叩き切った。

キュックに直撃したが、カン、と安っぽい音を立てて矢は落ちていった。

「きゅう？」

何か当たった？　くらいの声音《こわね》だった。

ドラゴンの鱗《うろこ》は伊達《だて》じゃないらしい。

「頼もしいな、おまえは」

「きゅぉぉぉ」

キュックが滑空していき、魔物使いを間合いに捉《とら》えた。

「こいつ――ッ！」

敵が剣を引き抜くよりも俺の斬撃《ざんげき》のほうが早かった。

抜きかけた剣を腕ごと斬り飛ばす。

それを機に使役の効力がなくなったのか、フェリクの魔法がコボルトたちを捉えるようになっていた。

炎弾《えんだん》を体に受けたコボルトは、その場を転がり、水を求めて川へ飛び込んでいった。

よし、コボルトはもういないな。

そう思った矢先、いつの間にか、残った二人の男が馬車を奪って逃走していた。

商人の男は、馬車が止まっていた場所でうずくまっている。

「フェリク、手当てを」

返事も聞かず、俺は逃げる馬車をキュックで追った。

「大兄貴はもうダメだが――ハハハハッ！　これでしばらく食い物に困らねえな！」

「兄貴、ずいぶん金も貯《た》め込んでるみてぇだ」

ギャハハ、とバカ笑いをしながら逃げる男たちに、俺とキュックは一瞬で並んだ。

「確かに食い物には困らなくなるだろうな」

御者台《ぎょしゃ》の兄貴と呼ばれた男が「へ？」と間抜《まぬ》けな声を上げた瞬間、俺は上段から斬り下ろす。

「ほぎゃぁ!?」

馬車から転げ落ちると、悲鳴を聞いたもう一人が荷台のほうから御者台のほうへ顔を出す。

「あ、兄貴!?　テメ、さっきの――！」

首元を摑《つか》んで荷台から引き抜くと、俺は地面に叩きつけた。

「おぶほッ……」

俺はキュックから御者台に乗り移り、幌馬車を止め、馬首《ばしゅ》を回してすぐにフェリクたちのもとへ戻った。

「フェリク、どうだ」

「流れ矢だと思う。それが」

背中に刺さった、と。

苦しそうにしている商人の男は、小声で後悔をつぶやいていた。

「あ、あんたの、い、言うことを、聞いておけば……」

「そんなことはいいです。しゃべらないで。荷物は取り戻しました。安心してください」

そう言うと、商人の男はかすかに笑みを浮かべた。

「ジェイ、このままじゃまずいわ。早くお医者様に診《み》せないと」

「キュックに乗ってこの人を運ぶ。フェリクはここでクエストを続けてくれ。この騒ぎを見ていた別の悪党がまたやってこないとも限らない」

「ええ」

俺は商人の男を背負ってキュックに乗った。

「帰りを、待っている、家族が、息子が……まだ五つで」

「ちゃんと家に帰れますから。心配しないでください」

俺はキュックに指示を出し、王都へ飛んでもらった。治癒師《ちゆし》が営《いとな》む診療所の屋根を見つけると、その付近に着陸する。

外から呼ぶと、治癒師の老婆が顔を出し、中に運ぶように指示した。

商人をベッドに寝かせると、俺にできることはもうなく、世話を任せて診療所をあとにした。

「あの商人は大丈夫みたいだ。治癒師に治してもらった」

フェリクは座り込んだ。

「そう。よかったぁ」

フェリクのもとへ戻って報告をすると、へなへな、とその場にフェリクは座り込んだ。

「私一人だったらダメだったかもしれない。あなたのおかげよ」

「ついてないな。暇で終わることのほうが大半なのに」

俺も座り込むと、フェリクはため息をついた。

「まったくよ。昨日に続いて大変な目に遭《あ》ったわ」

くくく、と俺は思わず笑う。

それ以降、物騒《ぶっそう》なことは何も起きず警備クエストはようやく終わった。

ギルドへの報告を終えて、報酬《ほうしゅう》をフェリクが受け取る。

「商人さんの顔を見に行きましょう」

そう言うので診療所へ行くと、商人は王都に家があるらしく話を聞きつけた家族が集まっていた。

商人は目を覚ましており、血色もだいぶよくなっていた。

「この方たちが、助けてくれた冒険者さんだ」

商人から紹介されると、目に涙を溜《た》めていた奥さんに何度もお礼を言われた。

「主人のこと、本当にありがとうございました。命の恩人です」

「いえいえ。私は大して役に立っていないから。そんなことより、無事で何よりだわ」

つんつん、とズボンを突《つつ》かれて、下を見るとおそらく息子だろう。小さな男の子がにかっと笑った。

「おにいちゃん、ありがとう」

「どういたしまして」

男の子が、ん、とどこかで拾った綺麗《きれい》な貝殻《かいがら》を差し出した。

「くれるのか？　ありがとう」

お礼を言うと、またにかっと笑った。

幌馬車を移動させた場所を伝えると、商人はすぐピンときたらしい。

「荷物も無事で……なんとお礼を言えばいいのか。お名前を教えていただけませんか。いずれお礼は必ずいたします」

「お礼は、これをもらったので結構です」

俺は貝殻を見せてフェリクとともに診療所を出た。

「あなたはきっと、感謝される仕事に向いているんだわ」

「そうか？」

「ええ。だって、いい顔しているもの」

俺を覗き込んで、フェリクがにこっと笑う。

「キュックがいるのなら、運び屋さんができるのに。人のためになるんだもの。そっちのほうが素敵《すてき》よ」

キュックが謎の変貌《へんぼう》を遂《と》げてまだ一日。

考える時間がなかったが、たしかに、そういう冒険のやり方もありだな。

〈第3章〉ドラゴン使いの運び屋

冒険者になって一〇年ほど経《た》つが、荷運びを中心に活動する冒険者は少ない。

だから、案外穴場かもしれない。

昨日、あれから夕食をフェリクと一緒に食べていると、運び屋さんをやるべきだと熱弁された。

一理あることは認めよう。

「遅い！」

今日一日何をしようかと考えながら宿屋から出ると、フェリクがいた。

「遅いって……約束をした覚えはないぞ」

「もうお昼前よ？　ジェイはいつもこんなにぐうたらなの？」

おまえは俺の母ちゃんかよ。

「どうしてここに？」

「……あなたが、悪人が多いから気をつけろだなんて言うから、誰をどう信用していいのかわからないのよ」

　このお嬢さんが王都のことを知らなさすぎたので、ちょっと大げさに聞いたことのある話をしてやったのだ。

　それがずいぶんと効《き》いてしまったらしい。

「その責任をとってちょうだい」

「だから、信用できそうな俺と行動をともにしたいと？」

「そういうわけではないけれど、その可能性も否定できないわ」

　フェリクは濁《にご》すように言った。

　行動を共にするのであれば、きちんと教えておく必要がある。

「一日くらいは大丈夫だろうと思ったが、俺は普段『トカゲの召喚士』って周囲に呼ばれて後ろ指さされることが多い」

「トカゲ？」

「ああ。キュックは、小さな子竜になっているが、フェリクと知り合う前は、手のひらに乗るくらいのトカゲだったんだ」

　驚いたようにフェリクはまばたきを繰り返した。

「俺も驚いた。あんなふうになるなんてな。……トカゲ以外を召喚できない召喚士だから、Fランク。だからそうやってバカにしているやつがいる」

「受付の方に聞いたわ。あなた、Sランクなのでしょう？　それでもバカにされるの？」

「誰とも組んだことがないから、顔見知りでもランクは知らないんだ。召喚士としてまるでダメだったから、剣を極《きわ》めてどうにかここまで」

「そっちのほうが、断然すごいわよ」

「そうしなくちゃいけなかっただけだ」

まっすぐに褒《ほ》められると照《て》れくさい。

「だからあんなに戦闘中冷静なのね……。弓も剣も、すごい使い手だというのは、素人《しろうと》の私にもわかるわ」

「……つーわけで、俺と一緒にいると一括《ひとくく》りにされてバカにされるぞ。忠告は一回きりだ」

貴族は、体裁《ていさい》を気にする者がほとんど。家柄やその名誉を何よりも大切にする。

トカゲの召喚士の女だとバカにされるのに耐えられるはずがない。

だが、フェリクの口を衝《つ》いて出たのは意外な言葉だった。

「放っておいたらいいわ。ジェイやキュックのことを何も知らないで適当なことを言う人なんて」

「イーロンドの娘が『トカゲの召喚士』と一緒にいて大丈夫なのか？」

「没落貴族に体裁も何もないわよ」

肯定しづらいので困っていると、フェリクはからりと笑った。

「ふふ、冗談よ。事実ではあると思うけれど」

没落ギャグやめろ。

「魔法を習っておいて本当によかったわ。お父様には感謝しなくちゃ」

経緯《いきさつ》を改めて聞くと、昨日依頼料としてもらった一〇万リン、あれはもらいっぱなしでよかったのだろうか。

昨日の晩飯《ばんめし》の支払いは当然俺持ちだった。ルーキーの没落令嬢に払わせるようじゃ、ランクが泣いてしまう。

「昨日フェリクにもらった依頼料があるし……今夜も一緒に食事しようか？」

「えっっっ」

じわじわ、とフェリクの顔が赤くなっていった。

「それは、そのぅ………でぃ、ディナーのお誘い、と、いうこと、かしら」

「そんな大げさなものじゃないが……嫌なら断ってくれ」

ぶんぶんぶんぶん、とフェリクは首を振ると、髪の毛がさらさら、と動いた。

「食べたいものがあれば、店を考えるから」

「あ、うん。……か、考えておきます……」

なぜか敬語になったフェリクは、肩をすくめてどんどん縮《ちぢ》んでいった。

冒険者ギルドへやってくる頃には、フェリクの調子はいつも通りに戻っていた。

「初心者のうちは、確実にできそうなものを中心にやっていくんだ」

掲示板の前で先輩風を吹かしてみるけど、フェリクは聞いている様子がなく、様々なクエストに目をやっていた。

「荷運びのクエストは、案外ないものね」

「なんだ、俺のクエストを探してくれてたのか」

俺の心配よりも自分の心配をすればいいのに。

……いいやつなんだな、フェリクは。

じゃあ俺はフェリク用に何か探してあげよう。

二人して掲示板を見つめていると、冒険者たちの会話が聞こえてきた。

「聞いたか、竜騎士だってよ」

「ああ、聞いたぜ。空を飛んで怪我人《けがにん》を運んだんだろ！」

俺のことか……？

ちらり、とそちらを見ると、青年冒険者二人が話をしていた。

「ゴブリンの大群から冒険者を救ったって話もあるらしい」

「かっけぇな……」

「空から現れて竜を駆って剣を振り、一瞬でゴブリンたちを追い払ったってな」

「やっべぇわ、マジかよ……」

おとぎ話の英雄譚《たん》を聞いているかのように冒険者は目を輝かせていた。

あの商人やフェリクと一緒にいた二人が話を広めたんだろう。

「何見てんだ、トカゲの召喚士！」

目が合うとすぐに絡《から》まれてしまった。

「いや。なんでも」

俺がそうだって言っても、冒険者内の評価はこんなものだから信じてくれるとは到底《とうてい》思えない。

「隣のお嬢さん。トカゲの召喚士のそばにいないほうがいいぜ？　な？」

「ああ。トカゲ臭くなっちまうからな！」

上手《うま》いことを言ったつもりなのか、二人が声を上げて笑いはじめた。

「ウチの子は臭くなんかないぞ」

と大笑いする二人に言うが、まるで聞いてない。

俺にはいつものことで、耐性がついているから大して腹も立たないが、フェリクは違ったようだ。

眉間《みけん》に皺《しわ》を作り、不機嫌ですってすでに顔に書いてあった。

「トカゲの召喚士と一緒にいたって、ロクなクエストなんてできやしねえんだ。お嬢さん、オレたちと一緒に冒険しようぜ」

「ああ、それがいい。オレたちCランクなんだぜ。丁寧《ていねい》に教えてやるからさ。へへへ……」

鼻の下を伸ばした冒険者がフェリクの肩に手を回そうとする。

俺が腕を摑《つか》もうとすると、その寸前にフェリクがそいつの手をはたいた。

「あいてっ」

「触らないで」

フェリクは二人を睨《にら》んだ。

「あなたたちのほうがよっぽどよ。臭いその口、閉じてもらえるかしら？」

フン、と鼻を鳴らして自慢の赤毛を払ってみせる。

「オレたちゃ親切にしてやろうとしてんだぜ？　それをこの仕打ちかよ～」

「おい、メスガキ。調子こいてんじゃねえぞ」

凄《すご》んでみせる二人を前に、フェリクは恨《うら》みがましそうな目で俺を見る。

「どうして何も言わないのよ」

「こういうやつらは、何言っても信じないんだよ」

俺のほうが強いからといって、いきなり暴力に訴えるのもどうかと思う。

ただ、そのせいでこんなことになっているのだから、フェリクには謝りたいところだ。

「おまえら、これ以上失礼なことを言うなよ。自分が言われる分には構わないが、俺の周囲を巻き込むな。……忠告したぞ」

俺が殺気を滲《にじ》ませひと睨みしてみせると、「うっ、な、なんだ、てめぇ」と少しひるんでいた。

「やっちまおうぜ！　どうせトカゲ野郎しかいねえ！」

「ああ！　そのメスガキの服剝《は》いで犯しちまえ！」

「ボロボロにしたあとは奴隷《どれい》商人に売りつけてやらぁ！　いくら値《ね》がつくだろうなぁぁぁあ!?」

品性はゴブリン以下だな。

数が多いだけあって、こんなやつらがいるのも王都の冒険者ギルドの特徴だった。

脅《おど》しか何かのつもりで二人が武器に手をかけたときだった。

俺は瞬時に二人の懐《ふところ》に踏み込んだ。

「忠告しただろ」

俺は剣の柄《つか》でみぞおちを突き、もう一人には同じ場所に拳《こぶし》を打ち込んだ。

「あ、おっ……」

「ほんっ……」

くの字になって冒険者二人はその場に倒れた。

一瞬だったので、周りにいる人たちは二人が突然倒れたようにしか見えなかっただろう。

不思議そうに見ている人がほとんどで、騒ぎになる様子はない。

「ぴょ、病気かしら……」

見えなかったらしいフェリクは、違う心配をしていた。

「かもな」

きっと死んでも治らない頭の病気だろう。

倒れている二人は、親切なマッチョに担《かつ》がれて医務室のほうへ連れていかれた。

「不快な気分にさせて悪かった」

再びクエストを探しはじめたフェリクに俺は言った。

「あなたが謝ることではないでしょう」

ぺらり、とクエスト票をめくって裏面を確認するフェリク。

「そうだけど、間接的に俺が原因だったわけだし……一緒にいると、こういうことがよく起こるぞ」

「そう」

他人事《ひとごと》のようにフェリクは返事をした。

「あなたのほうが強いのだから、ちゃっちゃとブチのめしてしまえばよかったのに」

「俺がやったってわかってたのか」

「よくよく考えると、そうとしか考えられなかったから。ねえ、力を隠すのはどうして？　騒ぎにならないようなやり方で処理したでしょう？」

「ランクや力が知られると、俺を利用しようと面倒《めんどう》な企《たくら》みに巻き込もうとするやつが出てくるんだ」

「体験談？」

「王都以外を拠点《きょてん》にしたこともあって、そのときにちょっとな。それで、そうなるくらいなら、侮《あなど》られているほうがいいって思ったんだ。尊敬されたいわけでもないしな」

「面倒な人。その上、お節介で優しい」

褒《ほ》めてるのか貶《けな》されているのかよくわからない。

フェリクがため息をついた。

「キュックの特性を活《い》かせそうなクエストって、案外見つからないものね」

「ああ、それなら、荷運びじゃなくてもいいと思う」

「え？」

俺は目星をつけていたクエスト票を確認して、受付へ行く。

「クエスト票三九番の商人の護衛《ごえい》を」

「Cランククエストですね。そちらは、パーティ推奨《すいしょう》となっております」

俺とキュックなら他にメンバーは要《い》らないが、この推奨ってやつが厄介《やっかい》だった。

ソロで受けて失敗するとギルド側の責任になるので、推奨とは言っているが、事実上必須《ひっす》。

「失礼いたしました。そちらの方がパーティメンバーの?」

振り返ると、フェリクが堂々とうなずいていた。

俺とキュックでやるつもりだったが、この際いいだろう。

「はい。問題ないでしょう?」

こくり、と受付嬢はうなずくと、愛想《あいそ》のいい笑みを浮かべた。

「ステルダム様の実績でしたら、まず間違いはないかと存じます」

「ずいぶん信用されているのね」

険《けん》のある声に振り返ると、フェリクが半目で俺を見ていた。

「そりゃ、ランクがランクだからな」

「冒険者様の間では、ステルダム様は変にからかわれることが多いようですが、実直で期日や数量を間違えたことのない、優秀な方です」

「ずいぶん気に入られているじゃない。……ディナーに誘うのはこの子のほうがいいんじゃないかしら」

膨《ふく》れっ面《つら》になったフェリクは、プイとそっぽを向いてカウンターから離れていった。

「あ、おい。何怒ってんだ」

呼びかけるがまるで無視。くすくす、と受付嬢の笑い声が聞こえてくる。

「と、とりあえず手続きを進めてください」

かしこまりました、と言う受付嬢に俺は冒険証を預け、事務手続きを済ませた。

その商人は、城門近辺にいるという。

冒険者ギルドをあとにすると、待ち合わせ場所までの道中、フェリクが尋《たず》ねた。

「商人の護衛よ？　荷物を運ぶクエストじゃなくていいの？」

「要は、目的地まで安全に行きたいってことだろ。ならそれは『荷物』と言ってもいいだろう」

なるほど、とフェリクは納得したようだった。

そうやって歩いていると、待ち合わせ場所が見えた。

「あぁ、先日の！　ジェイさん！」

この前助けた商人――今日は依頼人となるマークさんが手を振っていた。そばには荷馬車がある。

「どうも。もう大丈夫なんですか？」

「お陰様で。大変お世話になりました。……今日は護衛の冒険者を待っているのですが、もしかして」

「はい。俺とこのフェリクが道中お守りします」

「あぁ、それはよかった。顔見知りで安心しました」

冒険者を辞《や》めるつもりのやつは、こういうタイミングで商人を逆に襲《おそ》ったりすることがある。

だから、不安になるのもわからないではない。

俺とフェリクはマークさんと握手をした。

目的地を改めて確認すると、王都から南東にある山を一つ越えたジェリカの町に商品を買いつけに行くという。

「ジェリカでしたら、おそらく……昼すぎには到着するでしょう」

俺は太陽の位置を確認して言う。

「かしこまりました。三日ほどであれば、食料を準備していますので、お腹《なか》が空《す》いたときはお申しつけください。と言っても、あるのはパンと干し肉程度ですが」

「ああ、今日ですよ、今日。今日の昼すぎ」

「はあ?」

目をぱちくりさせるマークさん。

まあ、説明するよりも体験してもらったほうが早いだろう。


「た、高い！　速い！」

マークさんがはしゃいだように声を上げていた。

キュックの背には、前からフェリク、俺、マークさんの順で乗っている。どうにか三人が背中に乗っているが、今のところキュックに疲れは見えない。

すぐに往復できるので、フェリクには待っていてもらうつもりだったが、強引についてきた。

キュックの足元には荷車があり、爪《つめ》でがっしりと掴んでいる。馬は運べないので置いてきた。

あちらで馬を借りれば済むことだ、とマークさんは言った。

「マークさんもこれで治癒師《ちゆし》のところまで運んだんですよ」

「そうでしたか。意識が朦朧《もうろう》としていて。そりゃ速いわけだ。ははは」

そんな雑談をしていると、「ギャァ」という鳴き声が聞こえてきた。

後ろを振り返ると、魔鳥エアロホークがこちらを追いかけてきていた。

かなり大型の個体だ。

巣に近づいたわけでもないのに、こんなふうに人間と接触を図《はか》ろうとするはずはないんだが。

「いやぁ、あんな鳥も見られるのですねぇ」

のんき気に言うマークさんが手に何かを握っているのが見えた。

「マークさん、それ何ですか？」

「ああ、これは、昨日息子が城外から拾ってきた綺麗《きれい》な石で、お守りとしてくれたんです」

あの子か。綺麗な貝殻《かいがら》を俺にくれた。

水色と黄色のマーブル模様で、たしかに何も知らなければ綺麗な石に見えるだろう。

「マークさん、ほのぼのファミリーエピソードを話してる場合じゃないですよ」

「はい？」

後ろの俺たちに気づいて、フェリクが振り返った。

「どうかしたの？」

「マークさんが今、後ろから追いかけてきている魔鳥の卵を持っている」

「「えええええええええええええ!?」」

俺の前後で驚きの声が上がった。

「それ卵なの？」

「卵なんですか、これ」

「その模様と色は、エアロホークの卵です」

ツイてないと言うべきか、エアロホークの飛行速度は世界最速と呼び声が高い。

戦うしかないな。

「おじさん、今すぐ捨てて！」

「わ、わかりました！」

「あー、捨てても意味ないですよ。あの魔鳥からすると『卵持っているあいつ許さん』ってなっているので。捨ててもこっちに来ます」

「「えええええええええええええええ!?」」

キュックは頑張って飛んでくれているが、人間三人を乗せた上に荷車を爪で摑んでいる。

二〇〇キロ以上の重りをつけているような状態だ。

これ以上速くというのは酷《こく》だろう。

「わかったわ！　おじさんを降ろせばいいんだわ！」

「バカちん。本末転倒《ほんまつてんとう》だろ」

ごすっ、と俺はフェリクに手刀《しゅとう》を食らわせる。

そんなことをしている間に、ぐんぐん距離が縮まっていく。

「ギャァァア！　ギャァアッ！」

近くで見ると大きさがよくわかる。

下手するとキュックよりもデカい。

「私に任せて！　──フレイムショット！」

フェリクが後ろへ向けて火炎魔法を放った。

だが、それはあっさりとかわされてしまう。

二発目、三発目も同じだった。

「くぅう……！　あの鳥！　速いわ！」

空中だが、俺がやるしかないか。

マークさんと位置を代わってもらい、俺は最後尾に移動する。

狙《ねら》いは俺じゃなくてマークさんか、俺たちが乗っているキュックのどちらかだろう。

地上にいるときは、弓がなければ相当手を焼く魔鳥だ。

だが、こうして目線が同じ高さなら——斬撃《ざんげき》が届きやすい場所に来てくれるのなら話は別だ。

「ギャアアッ！」

目を見ると相当怒っているのがわかった。

ここまで大きな個体だと、あの硬《かた》いクチバシは一撃で人間に穴を空《あ》けるだろう。

エアロホークが突っ込んでくる。

俺ごと後ろのマークさんをやる気だ！

拳よりも大きなクチバシが眼前に迫る。

剣を抜き放った瞬間、クチバシをいなすようにして斬《き》り上げた。

ガギッ、と鈍《にぶ》い音を上げた刹那《せつな》、鋭い爪が見えた。

「お互い運が悪かったな」

爪が届く一瞬前。

俺は剣をエアロホークに叩《たた》きつけた。

「ギャァッ——!?」

悲鳴を上げたエアロホークは、錐揉《きりも》みしながら落下していった。

「い、一撃で倒した！」

二人の声がそろった。

「卵を持ってきてしまったこっちが悪いから、峰打《みねう》ちにしておいた。冷静になれば、マークさんを襲ってくることももうないでしょう」

「あ、ありがとうございます」

「ジェイがいなかったら、大変なことになっていたわ……ね、キュック」

「きゅ？」

何が？　とでも言いたそうなキュックだった。

子供が拾えるところに落ちている時点で、卵は魔物か何かの餌《えさ》になってしまっただろう。

お互いツイてない。

俺はマークさんから卵を預かり、エアロホークが落下する方向へそれを投げた。

「割れちゃうわ」

「石並みに硬いから大丈夫だ」

ちゃんと孵化《ふか》すればいいが。

思わぬハプニングはあったものの、ジェリカの町にマークさんを無事届けることができた。

「こんなに速いとは……！　盗賊《とうぞく》の心配もないしすごく便利ですよ、ジェイさん」

自分の提案したことが褒められたのが嬉しかったのか、フェリクが得意げな顔をしている。

「いえ。この子のおかげですから」

キュックの首筋をぺしぺし、と叩くと「きゅぉ」と小さく鳴いた。

「どうか、これを受け取ってください」

マークさんが紙幣《しへい》を三枚差し出してきた。

「いやいや、報酬《ほうしゅう》はギルドからもらえるので大丈夫ですよ」

「私のような町と町を行き交《か》う商人にとって、時間と安全はお金に勝ります。こんなチップじゃ安いくらいです」

「そうですか？　それじゃあ、お言葉に甘えて」

頑《かたく》なに断るのもどうかと思い、俺はチップを受け取ることにした。

あとでフェリクに渡そう。元々このやり方を勧《すす》めてくれたのはフェリクだ。

それでは、とマークさんは空《から》の荷車を引いて去っていった。

「大したことはしてないのに、感謝される」

「あんな大きな鳥をぶちのめしておいて、大したことはしてないって……あなたの感覚どうかしてるわ」

呆《あき》れたようにフェリクが笑う。

「それに。マークさんにとっては大したことだから、ああして感謝されるのよ」

そうだろうか。

いや、そうなんだろうな。

フェリクにチップのお金を渡すと、町の肉屋で塊肉《かいにく》を買っていた。

「キュックにあげるの」

チップはキュックの餌として消えていった。

それをひと口で食べたキュックは、とても満足そうにしていた。

運び屋をはじめたやつが食堂にいるらしい――。

おそらくマークさんが口コミで広めているんだろうが、そう噂《うわさ》されるようになった。

食堂で飯《めし》を食っていると、それが俺のことだと知った常連客が冗談を飛ばす。

「ウチのうるせえカミさんを実家にしばらく送ってくれねえか？」

「高くつくぞ」

「違いねえ。いつの間にか樽《たる》みたいな体型になっちまいやがったからな。ありゃ誰も持ち運べねえか～」

ガハハ、とバカ笑いをする。

フェリクは、俺の手を借りず、一人で冒険をするようになっていた。

ときどき、この食堂で初心者らしい相談をしてくることもあった。

それが終わると、あんなことがあった、こんなことがあった、と楽しそうに話してくれる。

もし妹がいたら、こんな感じなんだろうか。

そうしているうちに、この食堂の常連となったフェリクは、看板娘《かんばん》のアイシェと仲良くなっていた。

「ねえ、フェリク」

「何、アイシェ」

「フェリクは、ジェイさんとは――」

何かアイシェが耳打ちをした。

「んなっ、何を言っているのっ」

顔を赤くしたフェリクが、ばしばし、とアイシェの肩を叩《たた》くとくすぐったそうに笑った。

年頃女子の微笑《ほほえ》ましいやりとりは、子猫がじゃれ合っているような可愛《かわい》らしさがある。

俺が運び屋をはじめたと知って、半信半疑《はんしんはんぎ》で依頼する人が何人かいたが、ほんのお使い程度の依頼をすぐに済ませると、その速度に目を丸くしていた。

運び屋をはじめたというよりは、そういう頼み事や困り事の相談が増えてきたので、やらざるを得なくなったというのが正しいだろう。

俺にとっては大した依頼とは思えなかったので、「報酬次第《ほうしゅうしだい》で何でも受ける」としている。

依頼人は、大抵《たいてい》、顔見知りかその知り合いのどちらかだったが、今日は違った――。

フェリクとアイシェのそばに、小さな女の子がいた。

何かを話すと、二人が俺を指差す。

するると、その女の子と目が合い、こちらへやってきた。
五、六歳ってところだろう。
「運び屋さんですか？」

「そういうことになってる。何か頼みごと？」

女の子は、緊張した面持《おもも》ちでうなずいて、手紙を俺に渡した。

「お兄ちゃんに、これを届けてほしいです」

「了解。そのお兄ちゃんはどこに？」

「兵士さんだから、その人たちがいるところ、です」

あぁ……気軽に引き受けてしまったけど、ちゃんと渡せるだろうか。

訊《き》くと、名前を教えてくれた。この子の名前はニコル。兄はロウルだそうだ。

「お金がもらえるから、お兄ちゃん、兵士になってどこかへ行っちゃったんです」

ニコルは事情を詳《くわ》しく教えてくれた。

年の離れた兄のロウルは親代わりで、貧《まず》しいながらどうにか二人はその日暮らしができていたが、兵士募集の話を聞き、軍に参加したのだという。

それが半年前。

兵士を募集しているとすれば、魔王軍と戦う前線の兵士補充のためだろう。

集めた兵士には、まとまった額の支度金《したくきん》が渡されると聞く。

今ニコルは、近所の人たちの助けを借りて小さな家に一人で暮らしているそうだ。

事情を聞いてますます俺は不安になった。

ちゃんと渡せるか……？　捜して見つかればいいが……悲しい結末になりはしないだろうか。

「優しいいいお兄ちゃんだな」

「はい」

ニコルがようやく笑顔になった。

生活費のために軍に参加した兄か……。

支度金は、家賃や生活費としてちびちび使っているという。

こんなに小さいのに、偉すぎる。

「俺は報酬次第で何でも運ぶ。逆に、報酬次第では断ることにしている」

「ちゃんと、持ってきました」

ごそごそ、と小さなポシェットを漁《あさ》って、革袋《かわ》をひとつ取り出した。

「お兄ちゃんが残したお金以外で、少しずつ貯《た》めました。お兄ちゃんが帰ってきたときに、おいしいものをごちそうできるように！」

確認させてもらうと、すべて小銭で三〇〇リンと少しあった。

やっぱり心配だったのか、どんどんニコルの顔が不安そうに曇《くも》っていく。

「お金、足りませんか……？」

「いいのか、こんな大金もらっても？」

神妙《しんみょう》な顔つきでニコルはうんうん、とうなずく。

「こんなに積まれたら断れないな」

俺が笑うと、ニコルも花が咲いたような笑みを浮かべた。

ニコルの依頼料は、たった三〇〇リン少々。

けど俺は、どうやってそれを捻出《ねんしゅつ》したのかが、お金の価値を決めると思っている。

この依頼料は、大人の一〇〇万リン以上の重みがあった。

そんな大仕事、断れるはずもない。

支度金目当てに、軍に参加する冒険者は多い。だが中級以上の冒険者は参加しないことが多い。長期にわたって束縛《そくばく》されることになるし、その期間で得られるクエスト報酬のほうが高いとされているからだ。

冒険者ギルドから軍に推薦《すいせん》する冒険者もいる。曲者《くせもの》ぞろいのSランク冒険者は扱いづらく、軍の規律を乱すとして誰も推薦しないとか。

俺は逆で、ギルドからすると非常に使い勝手がいいSランク冒険者なので、よっぽどのことがない限り前線に送るつもりはないらしい。

ニコルと別れたあと、俺はロウルという兵士の所在を軍に詳しい知り合い何人かに尋《たず》ねた。

いずれも、時期からすると魔王討伐《とうばつ》軍だろうとのことだった。

魔王軍が魔界から人間の世界に侵攻《しんこう》してきたのが三年ほど前。

小国のいくつかが滅ぼされ、俺たちが今暮らしている国、グランイルド王国も領地をいくつか失っている。

前線の戦いは相当激しいと聞く。

そうして捜しているうちに、所属だけどうにか突き止めることができた。


「無事だといいけどな」

飛行中、キュックにひとり言をつぶやいた。

後方支援であってくれと願ったけど、所属は思いっきり最前線の部隊だった。

討伐軍を見つける度《たび》にロウルの部隊の居場所を尋ね、再びキュックで移動する。

それを二度繰り返すと、ようやくロウルが所属する部隊を発見した。

高度を落としていき、目立たない場所へ着地し、部隊の野営地へ向かった。

「すみません。ロウルさんって方、ここにいますか？」

歩哨《ほしょう》に立っている兵士に尋ねると、驚いたような顔をされた。

「な、何考えてんだ、あんた。ここは最前線だぞ！　すぐにここから離れるんだ！」

もう一人の歩哨が、俺の顔を指差した。

「あ、あんたトカゲの召喚士！　何してんだよ、こんなところで。あんたの腕じゃ秒殺だぜ？命が惜《お》しいならとっとと帰んな」

蔑《さげす》むような笑みを浮かべて、しっしと手を払う兵士。

俺もずいぶん有名人らしい。

「届け物があるだけです。終わればすぐに帰りますから」

「あの、僕に何か用ですか？」

話し声が聞こえたのか、まだ一〇代半ばくらいの少年が一人やってきた。

「ロウルさん？　妹の名前はニコル？」

「はい、間違いなく僕かと」

よかった～～～～。

生きてたぁ～～～～。

俺は懐《ふところ》から預かった手紙をロウルに渡した。

「妹さんからです」

「え。ニコルから!?　わざわざこんな危ない前線まで手紙を届けに？」

って驚かれるけど、キュックに乗っていればあっという間に着く。

キュックのスタミナを考える必要はあるが、戦う必要もなければ、食料や水の準備も要《い》らない。

「そういう仕事なので」

「ロウル、なんて書いてあるんだ？」

「いいなぁ。俺も誰かからこうやって手紙届かねぇかなぁ～」

二人にからかわれて照《て》れくさそうにしているロウルだったが、やがて目元を赤くして鼻をすすった。

「ニコル……今六つの妹が、帰ってきてほしいと」

声を震わせてそう言うと、からかっていた兵士二人が押し黙った。

ちらりと覗《のぞ》いた手紙には、拙《つたな》い文字で「さみしい」「かえってきてほしい」と書いてあるのが見える。

これを伝えたいがための手紙と依頼料だと思うと、俺も胸が痛んだ。

従軍中に抜けることはできない。

脱走すれば相応の罰《ばつ》がくだる。

それは誰もが知っているルールだ。

「まあ、しばらくは無理だな」

「戻れるとすりゃ、死んだときくれぇだろ」

俺はその会話は聞こえなかったフリをして、手続き上サインが必要だと伝え、ペンとインクをロウルに渡した。

そのときだった。

ドガァン、と轟音《ごうおん》が響き渡り、地震のように地面が揺れ、熱風が肌《はだ》を包んだ。

そばで何かが爆発、もしくは炸裂《さくれつ》したようだ。

「敵襲《てきしゅう》――――！」

ピィイイイ――、と笛が鳴らされ野営地は緊張に包まれた。

魔族、魔族だ、魔族が来た、という大声が聞こえる。

俺もようやく魔族を視認した。

藍色《あいいろ》の肌に血のように紅《あか》い目をしていた。

その魔族の男は、武装した大型のゴブリンを数十率《ひき》いていた。

魔族は人間の世界にはない魔法を放つと、また爆炎と悲鳴が上がる。

「踏み躙《にじ》れ！」

リーダー格のゴブリンたちに指示を出すと、雄叫《おたけ》びを上げて野営地に突進してくる。

「「「ギャヒィイイ！」」」

奇襲《きしゅう》に近い状況に、こちらはパニック状態だった。

「は、運び屋さん、逃げてください。ぼ、僕は元気にしていた、とニコルに伝えてやってください！　絶対に帰るから、と！」

ロウルは、震える手で剣を抜いて立ち向かおうとしていた。

「こんなのやってられっか！　逃げるぞ！」

歩哨の俺を小馬鹿《こばか》にしたやつが、逃げ出そうとすると立ち塞《ふさ》がったゴブリンに叩き斬《き》られていた。

死なないと帰れない、か。あいつは帰れるんだな。

こちら側は立ち向かう者より逃げ惑《まど》う者のほうが圧倒的に多い。

だが逃げても背中を斬られ、槍《やり》で突かれ、ほとんど誰も生き残れない雰囲気《ふんいき》がある。

「カッカッカッカ！　下等生物を狩るのは、非常に楽しい。ほれ逃げろ、逃げろ！　ワタシを楽しませろ！」

とりあえず、後ろで魔法を撃っているだけの胸糞《むなくそ》悪いあいつからだ――。

「ダメだ、もう……」

ロウルがその場に座り込んだ。

「ちょっと待ってろ」

「運び屋さん、何を……？」

「召喚《サモン》」

俺はキュックを呼び出し背中に乗った。

ドラゴンだ、と驚くロウルに取り合っている暇《いとま》はない。

やはりキュックは目立つようで、敵味方全員の視線を集める結果となった。

「きゅぉぉ……！」

ばさばさ、とやるが、消耗《しょうもう》し過ぎたらしい。今日はもう飛べなさそうだ。

「走れるか、キュック」

「きゅ」

それなら大丈夫らしい。

何を言っているかわからないが、そうだというのがわかる。

「行くぞ」

「きゅ！」

剣を抜くと、キュックが魔族目がけて疾走《しっそう》をはじめた。

「ギャグガ！」

「ギャグニ！」

立ち塞がった大型のゴブリンたちをキュックが蹴散《けち》らしていく。

首や尻尾《しっぽ》で弾《はじ》き飛ばし、それでも残る敵は爪《つめ》で切り裂く。

キュックの攻撃から逃れた者は、俺が残らず斬り伏せていった。

「バハムートの子とニンゲン――!?」

魔族が怪訝《けげん》そうに眉《まゆ》をひそめた。

表情が読み取れるほど接近すると、キュックが急停止した。

「調子に乗るな下等生物ッ！　今はワタシが狩りをしているのだぞぉぉォォォオオッ！」

「あんまり人間を舐《な》めないほうがいい。……忠告したぞ、魔族」

急停止の弾《はず》みで俺はキュックの背中から射出されるような形で前方に飛んだ。

「小癪《こしゃく》小癪小癪！　魔族がなぜ魔族たりえるのか——貴様に教えてやろうッ！」

俺へ向けて魔族が弾幕《だんまく》のように紫《むらさき》の魔法弾を放ち続けた。確かに、人間にはない魔法と魔力だ。

「カーッハッハッハ！　下等生物ごときに近寄れまいぃぃぃぃぃぃぃい！」

俺に触れそうな弾幕は全部斬った。

黒煙が濛々《もうもう》と上がる中、そこから抜け出した。

魔族からすれば、煙の中から突然現れたように見えただろう。

この間抜《まぬ》けた顔を見ればそうだとすぐにわかる。

「忠告しただろ」

「近寄れ、まい？」

「人間を舐めたことがおまえの死因だ」

すれ違う刹那《せつな》、一閃《いっせん》。

確かな手応《てごた》えとともに、着地する。同時に魔族の首が落ちた。

部下のゴブリンたちは、魔族がやられたのを見るや否《いな》や、耳障《みみざわ》りな鳴き声を上げて逃げはじめた。

「キュォォォォォォォオオ！」

キュックが勝利の雄叫びを上げている。

部隊の人間の大半《たいはん》は逃げ出しているようで、ここに残っているのは死体だけだった。

「は、運び屋さん……強いんですね」

腰を抜かしたままのロウルは、信じられないものを目《ま》の当たりにしたように何度もまばたきしていた。

「俺が強いんじゃなく、あいつが俺を侮《あなど》っていただけだろう」

そのおかげで一瞬の虚《きょ》を衝《つ》けた。

今回に限らず、侮られたままでいると、こういうときにとても便利だったりする。

「いやいや、強すぎますよ……！　魔族の魔法の連射をものともせずに飛び出して、ズバッと首を一撃で！」

俺はロウルに手を貸して立たせてやった。

「僕知っているんですから。戦っている最中に剣で首を落とすことがどれだけ難しいか！」

「わかった、わかった。そう興奮《こうふん》するな」

どうどう、と俺はロウルを宥《なだ》める。

それから、俺たちは生存者を探したが見つけることはできなかった。

「別の隊を探して、壊滅を報告しないと……」

真面目《まじめ》なロウルは荷物をまとめようとしている。

俺はさっき見つけた死体のひとつをもう一度確認する。

ゴブリンたちに踏みつけられ、人相がわからなくなっている。

この死体なら、ロウルと背格好《せかっこう》が同じだ。

「運び屋さん、何をしているんですか」

「ニコルに絶対に帰るって約束するんだろ？」

「え？」

「果たせるよ。今なら」

識別票の安っぽいプレートを死体からもらい、ロウルに投げて渡した。

「どういう、ことですか……？」

「おまえは、ここでさっき死んだんだ」

俺はロウルが首から下げていた識別票を外し、死体にかける。

脱力したロウルが、膝《ひざ》から崩《くず》れて地面に両手をついた。

ふぐ、うぅ、と肩を震わせて泣いている。

「さっきまで、死ぬんだと思っていました。もうニコルにも会えないんだって……。あの子が立派《りっぱ》になるまで面倒《めんどう》見てあげないとって思ってたけど、それも無理なんだろうなって……」

俺はロウルの肩をぽんぽん、と叩いて、隣に座った。

ちょうどロウルがまとめていた水と食料があったので、少し分けてもらった。

移動と戦闘でお疲れの様子だったキュックは、俺が何か食べているのを見つけて、のしのし、と近寄ってくる。

開けた口に水を流してやり、そのあとパンをいくつか放り込んだ。

怪我《けが》をしていないかキュックの体を確認したが、傷ひとつない。

あの魔族もバハムートって言っていたな。

「おまえ、やっぱりバハムートなのか？」

尋ねても食事に忙しいキュックは何も反応してくれなかった。

◆ニコル

ニコルは、ベッドに今日も一人で寝ていた。

六歳の体にそぐわない大きなベッドは、兄と二人で寝るとちょうどいいくらいだった。

その兄は、兵士になってどこかへ行ってしまった。いなくなってもうずいぶん経《た》つが、このベッドの広さにはまだ慣れない。

格安家賃の家では隙間風《すきまかぜ》が入り込み、いつも寒かった。

運び屋は手紙を届けてくれただろうか。

毎朝、もしかすると兄が帰ってきているのでは、と期待してはいるものの、それも徐々《じょじょ》に薄れつつあった。

ときどき様子を見に来てくれるご近所さんの老婆は優しかった。

ただ、兄の話をすると、ときどき憐《あわ》れむような目をする。それが意味するところは、ニコルはよくわからないでいた。

「お兄ちゃん……」

兄を呼び、今日も眠る。

朝起きれば、家の中と外の通りに兄の姿を捜す――それがニコルの日課となっていた。

そうして何気ない一日がはじまり、昼食を何か食べなければと考えていると、扉がノックされた。

「お兄ちゃん……?」

心臓が高鳴り、大急ぎで返事もせずに扉を開けた。

「お兄ちゃん――!」

そこには、兄ではなく運び屋がいた。

「あ……運び屋さん……」

肩を落とすと、運び屋が口を開いた。

「報告をしようと思って。お兄ちゃんのロウルを捜して、手紙を届けた」

ニコルは、うなだれていた頭をすぐに上げた。

「お、お兄ちゃん、元気、でしたか」

「元気にやってたよ」

「何か、言ってましたか……」

寂《さび》しい。帰ってきてほしい。

他にもいくつか書いた気がするが、この二言に気持ちは集約されていた。

わしわし、と運び屋がニコルの頭を撫《な》でた。

「ロウルは、いっぱい言いたいことがあったと思う」

運び屋はその場から離れるように、す、と出入口を開けた。

「あとは――直接訊くといい」

そう言うと、扉の脇《わき》から兄が出てきた。

兄だった。

兄のロウルがそこにいた。

顔をくしゃくしゃにして、涙を流している兄がそこにいた。

「ニコル――」

「お兄ちゃん――――！」

膝立ちになった兄が手を広げる。

ニコルはそこに思いきり飛び込んだ。

「お兄ちゃん……お兄ちゃん……う、うああ、わあああああああ――」

何か言いたいことがあったような気がするが、涙が溢《あふ》れて止まらなかった。

兄は力強くぎゅっと抱きしめてくれた。

「兄ちゃん、帰ってきたよ。元気だったか、ニコル」

答えたいのに、しゃくりあげるせいで上手《うま》く話せない。

呼吸を落ち着かせ、ようやくひと言声に出せた。

「げんぎ、だっだ……」

「よかった。本当によかった」

髪を撫でる優しい手つき。知っているこの仕草《しぐさ》。ああ、兄だ。兄がここにいる。

離れないように、ニコルはまた兄の首に抱きついた。

「運び屋さん……ジェイさん、僕と妹のこと、本当にありがとうございました。いくら払っても払いきれません」

兄が運び屋に向き直ると、運び屋は小さく笑って首を振った。

「いや、報酬は前払いで十分もらっているから、これ以上はもらえない」

「それじゃ、僕の気が収まりません。何かさせてください」

「そこまで言うなら……二番通りに食堂があるだろう。そこによくいるから、今度一杯だけおごってくれ」

じゃあな、と言って運び屋は去っていった。

「ありがとうございました！　本当に、本当に！　ありがとうございました！」

その背中に、兄は何度もお礼を言っていた。

それから兄は、兵士になってからの日々と出会った英雄の話をしてくれた。

竜に乗って現れ、窮地《きゅうち》を救ってくれた最高の竜騎士の話を。

〈第5章〉 運び屋と恋文

老執事《しつじ》が手綱《たづな》を握る馬車に揺られていると、大きな門を通過した。

「でかいな」

俺が思わずひとり言をこぼすと老執事が答えた。

「テオラル伯爵《はくしやく》家の王都のお屋敷でございますので」

先ほど、この老執事が食堂へ現れ、依頼があるからと俺を馬車に乗せたのだ。

王城のお膝元《ひざもと》に屋敷はあり、かなりの敷地面積を誇っている。

他の貴族もこの近所に屋敷を構えているため、俺たち一般人は一等地のこの区画を貴族街と呼んでいた。

あれから、ロウルとニコルの二人は、郊外の古い家で暮らしている。

元々俺が使っていたもので、かなり古い空《あ》き家だったが、広くなったと二人は喜んでいた。

周囲にロウルが従軍していたことを知る者は誰もいないので、顔を指されることもないだろう。

馬車が整然とした前庭をゆっくり走る。

屋敷の入口では、数人のメイドとイブニングドレスをまとった少女が一人見えた。

まだ幼《おさな》さを残す面立《おもだ》ちは、一〇代前半ってところだろう。

止まった馬車から降りると老執事がすぐに紹介してくれた。

「ステルダム様、こちらが依頼者のニナ様でございます。——ニナ様、こちらが例の」

紹介されたお嬢様はドレスをつまんで品よく挨拶《あいさつ》をした。

「ジェイ様、ようこそお越しくださいました。急なお呼び立てにもかかわらず、ご足労いただきましたこと、感謝いたします」

こういうとき、どう返礼したら無礼にならないんだろう。

作法をまったく知らない俺は、愛想《あいそ》笑いをしながら頭を軽く下げた。

「こちらこそありがとうございます」

挨拶もそこそこに、屋敷の中に通され、俺はニナの私室へ案内された。

フェリクも、こんな感じの暮らしぶりだったんだろうか。

不躾《ぶしつけ》とは思いながらも、部屋の中を見回してなんとなくそう思った。

ニナがお付きのメイドと老執事を下げさせると、室内は二人きりになった。

「何か頼みたいことがあると伺《うかが》いましたが」

「はい、そうですわ。実はわたくし…………そのぅ、これを書きましたの」

誰にも見つからないように隠していたのか、枕の下から封筒を取り出した。

「これを届けたらいいんですね？」

「はい。そうですわ」

「どちらへ？」

「…………あのぅ、これが何なのか、訊《き》かないのですか？」

おずおずと窺《うかが》うように俺をちらりと見た。

「手紙ではないのですか？」

「そうなのですが」

可愛《かわい》らしい封筒に厚みはないし、魔力的な効果も感じられない。

花を模《も》した封蠟《ふうろう》が施《ほどこ》してある。

年頃の女の子らしい心遣《こころづか》いだった。

「ジェイ様は、気にならないのでしょうか」

「いえ、気になりますが、届けることが仕事ですから」

危険物となれば、俺だって考えるし詳《くわ》しく中身とその用途を尋《たず》ねるだろう。

けど、この封筒とニナの雰囲気《ふんいき》からして、たぶんラブレター。

嫌われないだろうか、好いてくれるだろうか。

そんな気持ちが伝わってくる。

「あなたに頼んでよかったですわ」

「まだ届けてないですよ？」

「そうですが……ふふ。聞いていた通り、不思議な方ですのね」

家人から俺の噂《うわさ》を聞いたらしく、今日こうして依頼をしてきたのだろう。

「届け先は、キーキンの町外れで暮らしているウェイン様という、二〇歳《はたち》の見目麗《みめうるわ》しい紳士ですわ」

冒険者筋から話を聞いたことがある。

キーキンの町外れには、王位継承《けいしょう》権を剝奪《はくだつ》された別腹のワケアリ元王子がいると。年の頃もまさしくそうだ。

「かしこまりました。ウェイン様ですね」

ニナは唇《くちびる》の前で人差し指を立てた。

「このことは、家の者には誰にも……。じい……あの老執事には、お手紙はお父様宛《あ》てと説明していますの」

「承知しました」

手紙を隠していたのも腑《ふ》に落ちた。

王都に自宅を構えられるほどの貴族の娘であれば、将来有望な貴族家に嫁入りするのが既定路線。

元王子といえど、今やただの平民。

親密度はわからないが、家の者に関係が知られれば、やめるように諭《さと》されるのがオチだ。

「ご依頼料は……三〇万リンほどでいかがでしょう」

「ふごっ」

げほげほ、と俺はむせた。

「だ、大丈夫ですか？　お、お安かったでしょうか……？　わ、わたくしがすぐに出せるお金はこれくらいしかなくて……」

不安そうに顔をしかめていくニナに俺は手を振った。

「いやいやいや。逆です、逆。そんなに出してもらえるとは思わなかったので」

キーキンは、王都からもほどほどに近い町で、キュックに乗ればすぐに往復できる。

「その一〇分の一で構いません」

「えっ。そんなにお安くてよろしいのですか？」

「はい。何通も出せたほうがよいでしょうから」

「あっ……」

たしかに、という納得と同時に、手紙の中身を見透かされたことに気づき、ニナは照《て》れたようにはにかんだ。

「それも、そうですわね……うふふ」

今まで誰にも頼めず、想いを募《つの》らせるばかりだったのだろう。

俺が元王子まできちんと届けるので安心してくれ。

「すぐに受け取りのサインをもらってきますので、またのちほど」

封筒を大切に懐《ふところ》にしまい、俺は部屋をあとにした。

キーキンの町は、俺の記憶が正しければとくに何もない町で、歩けば半日ほどで王都があるため、商人も素通りしていくことが多い。

上空から町を見ていると、外れに一軒建っているのがわかった。

あそこだな。

キユックに着陸してもらい、お礼を言って召喚魔法を解除した。

質素《しっそ》な家の扉をノックすると、無精《ぶしょう》ひげを生《は》やした金髪の男が顔を出した。

「あ？　誰？」

「ジェイ・ステルダムという者ですが」

彼越しに、家の中が見えたが、柄《がら》のよくない少年たちが胡乱《うろん》な目で俺を見ていた。

「ウェインさんという方はいらっしゃいますか」

「あぁ。オレオレ」

へ？

俺は思わず二度見してしまった。元王子なら、もうちょっとまともな身なりで暮らしているのかと思ったが……時間が経《た》てば変わってしまうのか。

柄の悪そうな輩《やから》とつるんで、日々遊んでいるようだ。

「テオラル家のニナ様から、お手紙をお届けするようにと」

「ニナから!?」

目を剥《む》いたウェインが、俺が懐から出した封筒をひったくった。

ウェインが、丁寧《ていねい》に手紙を封じた封筒を力ずくで破《やぶ》る。

ニナの純情を知っていると、丁寧に開けてほしかったな。

中に入った数枚の手紙をウェインが読んでいく。

その表情がどんどんゆるんでいった。ラブレターだから照れてニヤニヤしてしまう気持ちもわかるが……。

そう思っていると、そういった類《たぐい》のニヤつきではないことがわかった。

「ふっ、ふふっ、マジかよッ……！　宮殿を追い出される前にパーティで一回会って、三度手紙をやりとりしただけだぜ？」

中身までは知らないが、愛を伝える文章だったのだろう。

くつくつ、と堪《こら》えるように笑っていたウェインが、今度は弾《はじ》けるように笑い出した。

「ハッハッハッハッハァ――――！　このまま上手《うま》いことあのガキに取り入れば、オレァ伯爵家の仲間入りだぜ！」

現実っていうのは、こんなものなんだろうな。

ニナが想い描いていた理想のウェイン王子様は、本当はどこにもいなかったんだろう。

それどころか、家柄目当てでニナと関係を築こうとしている。

王家に詳しくはないが、元々継承権は一〇位より下だったはず。継承権上位の兄や姉たちは全員健在。

素行の悪さに継承権の低さも相《あい》まって、王家を追放されたという噂は、本当のようだ。

今回のこの手紙は、ウェインからすれば逆玉の輿《こし》の機会が転がり込んできたも同然だろう。

「何の話だよ、ウェインー？」

「おい、おめえら、これちょっと見ろよ」

踵《きびす》を返すと、たむろしている数人の仲間にウェインは手紙を見せる。

「てか文字読めねえし」

「ウェインのことが好きっていうのはわかったぜ」

「え、書いたのって伯爵家のお嬢様？」

「ヤバ。こんなヤツにガチ恋？　笑えるわ！」

「傑作《けっさく》だぜ。働きもしねえし、宮殿からの仕送りだけで暮らしてるこんなのののどこがいいんだよ」

「かぁー、見る目がねえな！　てめえらとニナお嬢様は違うってことよ」

ウェインは、ギャハハハ、と品のない笑い声をあげて上機嫌のようだった。

「じゃあ、じゃあ、ウェインが伯爵なんかになったら、オレ騎士やるわ」

「いいぜ、いいぜー」

「あ、俺も俺も！」

「オレは庭師な！　なんか楽そうだし」

冗談とも本気とも思えない会話が飛び交《か》っていた。

せっかく咲いた花を笑いながら踏みつぶすような光景に胸が痛んだ。

けど、俺は運び屋。預かった物を届けることだけが仕事。

余計な口は出さない、挟《はさ》まない――。

「サインをもらえますか。届けたことの証明になるので」

山ほどあった言いたい言葉に蓋《ふた》をするように、俺はようやくその一言を伝えた。

「んだよ、あんた。まだいたのかよ。――サイン？　ああ、はいはい」

あらかじめ持ってきていたインクとペンをウェインに渡すと、破り捨てた封筒の裏にさらさら、と名前を書いた。

ニナになんと伝えよう。

渡したときの様子は確実に訊かれるはず。

正直に教えて、関係を絶つことを勧《すす》めるか？

悪い虫に刺されたと思って、このことは忘れてもらうか――。

恋文だから知られたくないというのと、じい……老執事に小言を言われることが予想されたから隠していたようだし。

おそらく、老執事はウェインがこうなっていることを知っていたんだろう。

「おーい、ウェイン、返事書こうぜー？　返事」

「いいね、それ。――ああ、届け人のあんた、ちょっと待っててくれ。返事出すからよ」

「依頼には、料金が」

「んなの、あいつが出すだろ。あっちからもらってくれ。カネモチなんだからさ」

そりゃ、あの子はきっと出すだろう。何万でも、何十万でも。

純粋に思いを寄せている「ウェイン」から、せっかく届いた手紙だから。

「こんなのどう？　オレなら濡《ぬ》れちまうぜ」

「元王子だけあって、おまえ上手いな」

「やべぇぇぇ。オレ女騙《だま》す才能あっかもなぁぁぁああ?」

ケタケタと笑いながら、ウェインはチリ紙のようなものを折りたたんだ。

「うい。これ。よろー」

俺に押しつけるように渡したウェインは、仲間の輪《わ》に戻ろうとする。

そこで俺は彼の肩を摑《つか》んだ。

「あの、これは自分で渡してください」

「はぁ? どうせニナんところ戻るんだろ。ついでじゃねえか」

「『ついで』というのは、運ぶ側が言うものであって運んでもらう側が便利に使う言葉じゃない」

ウェインが俺の胸倉《むなぐら》を摑んで凄《すご》んでくる。

「おまえ——ナメてんじゃねえぞッ! 王家の人間だぞこっちは!」

「元、だろ。人間性が終わっているから追放されて元王子になるんだ」

「んだと……ッ!」

「ニナの純粋な気持ちは、おまえらの退屈な毎日を楽しませるためのものじゃない。年端《としは》もいかない少女を騙して寄生《きせい》しようだなんて、王家の血を引く者がすることではないだろ」

「オレとニナの話だ。てめえは関係ねえだろ」

ウェインが殴りかかってきた。

ろくに戦ったことのない攻撃だ。思いきり脇腹《わきばら》に鞘《さや》を叩《たた》きこんでもいいが、それは大人げない。

俺は、すっとガードの体勢を取る。

たまたま肘《ひじ》がウェインに向けられてしまっても仕方ないことだろう。

偶然にもウェインの拳《こぶし》が俺の肘に当たった。

「あがっ、あっ……!?」

「大丈夫か？」

「何やってんだ、テメ、おい――――！」

はたから見れば俺は防御《ぼうぎょ》しただけだが、血の気の多いお仲間たちが殺気立った。

ぐにゃっとなった拳を見つめたまま、ウェインが膝から崩《くず》れる。

二人目が蹴《け》りを放ってきたので、俺は膝で防御する。

敵のスネが俺の膝に直撃した。

「あぁあっ、あ、おうふっ……」

「悪い。おまえたちと違って、荒事《あらごと》に慣れてなくて。変なところに当たってしまったな」

そいつがスネを押さえて悶絶《もんぜつ》していると、三人目もウェイン同様の肘防御で顔を歪《ゆが》めた。

四人目は蹴りだったので膝防御。こいつもスネを押さえて床をのたうちまわった。

「よ、四人を、あっという間に……!?　あんた、何モンだよ……!?」

「ただの運び屋だ」

「にしても、強すぎじゃ――」

「俺はただ防御してただけで、こいつらが勝手に自滅しただけだ」

ため息をついて、俺は一応確認してみた。

「んで、残ったおまえはどうする？　かかってくるか？」

尋ねると、男は半泣きで首を振った。

日々暇潰《ひまつぶ》しをしているだけの半端なゴロツキ相手に、俺は何やってるんだか……。

ウェインの手紙が落ちていたので拾うと、中が見えた。

そこには『オレも愛してるぜ。チュッチュッ、チュー。オレが好きなら二〇万貸してくれー』という文章が書いてあった。

思わずため息が出た。

大人げなく蹴散《けち》らした罪悪感が、一瞬でなくなった。

ニナには、一部始終を正直に伝えて目を覚ましてもらおう。

ううう、と呻《うめ》いて床をのたうちまわっている少年たちは、一撃で戦意喪失《そうしつ》したらしく、立ち上がろうともしない。

こっちをまだ見つめている男に、家を出る間際《まぎわ》に言った。

「こんなこと、自慢にならないから誰にも言うなよ。恥《は》ずかしいから」

ウェインの心のこもらない手紙を持って、俺はニナが待つ屋敷へと飛んだ。

バルコニーに着地すると、コンコン、とカーテンのかかっている窓を叩く。

すぐにカーテンからニナが顔を覗《のぞ》かせ、窓を開けてくれた。

「まあ。運び屋さん」

「行ってきましたよ、ニナ様」

「え、もう――?」

驚いて目を瞬《まばた》きさせるニナに、俺はサインを見せた。

「これが、ウェインの受け取りのサインです」

「ありがとうございます。こんなに速いだなんて。……それで、ウェイン様は、なんと……?」

来た。やっぱそうなるよな。

長話させる気満々のニナは、ささ、こちらへ、と自室へ俺を招き入れる。

メイドを呼んでお茶を準備させようとしたので、俺は待ったをかけた。

「まず、順序通りに一部始終を話します」

「お願いいたします」

心苦しいが、見たまま、起きたまま、話したことそのままを、俺はニナに伝えた。

「…………」

明らかにニナがヘコんでいる。

瞳《ひとみ》にたくさんの涙を浮かべて、そっとテーブルに置いた。

あのふざけた手紙を見て、そっとている。

「そのような、ことを、ウェイン様が……」

「ただの運び屋が口を出すのはどうかと思いますが、事実だけを報告させていただきました」

ウェインの目的は、ニナの家柄でありニナ個人を好いているわけではないということが、はっきりと伝わったようだ。

握った手を震わせて、ニナがしくしくと泣きはじめてしまった。

「あー、あー、ええっと……」

やっぱ言うべきじゃなかったか。けど、自分に対して気持ちがないことを知れば、ニナはいずれ傷つくだろうし……。

「ええっと、今は仲間たちと遊ぶのが楽しいから恋愛とかそういうのはしばらくいいかなー、みたいな感じかもしれないです……ニナ様のことが嫌いってわけでは――」

って、なんで俺があいつのフォローしてんだ。

ハンカチで目元を押さえるニナの背をゆっくりとさすって落ち着かせる。

ノックされ、ニナが入室許可を出すと老執事がやってきた。

「ニナ様。……少し話が聞こえてしまいました」

「じい。やはりあの方は、じいの言う通りでしたわ。わたくし、じいが遠ざけるために嘘《うそ》をついているのだとばかり……」

そう言われると、ゆるくうなずいた老執事は、ニナの気持ちを察してか慈悲《じひ》深そうな目をしていた。

「ご理解いただけたようで何よりでございます」

俺はなけなしの語彙《ごい》力を投入しニナを励《はげ》ます。

「ニナ様は、魅力的な淑女《しゅくじょ》ですから、またいずれどこかで良い男性とめぐり合うと思いますよ」

「そ、そうかしら……？」

「そうです。純粋で、品がよく、花のように可憐《かれん》ですから」

「……」

ぽやぁ～、とした表情で俺をまっすぐ見つめてくるニナ。

それから、報酬《ほうしゅう》の支払いを老執事にしてもらった。

三万のはずが、イロをつけてくれて一〇万になった。

「こんなに？」

「ウェイン様に見切りをつけ忘れてもらう機会をいただきましたので」

お嬢様の将来を思えばこれくらい安いものだと言った。

玄関までニナと老執事が見送りに来てくれたので、俺は一礼して去ろうとする。

そのとき、声をかけられた。

「ジェイ様……今度は、いつ来ていただけますの？」

「仕事があればいつでも参ります」

「どこへ行けば会えるのかしら」

「二番通りの食堂によくいるので、何かご入用の際は、そこまでお願いします。不在の場合は、アイシェという娘がいるので彼女に伝言をお願いします」

「わ、わかりましたわっ！」

ぱあっと明るい顔をしたニナと後ろに控《ひか》える老執事に会釈《えしゃく》をして、俺は門から屋敷をあとにした。

召喚したキュックに、俺は話しかける。

「あれでよかったのか、悪かったのか、よくわからないな」

肩をすくめると、話が見えないキュックは「きゅう？」と困ったように首をかしげた。

〈第6章〉魔女からの依頼

今日も今日とて、依頼を待ちながら食堂でのんびりと飯《めし》を食べていたら、足をつんつん、と何かにつつかれた。

不思議に思ってテーブルの下を見ると、ネズミがいた。

「キチュ」

そいつから魔力を感じる。

ネズミは、筒状に細く丸められた紙のようなものを、俺の靴に差し込んだ。

それが終わると、ネズミから感じた魔力はなくなり、俺と目が合うと慌《あわ》ててテーブルの下から逃げていった。

「……」

ネズミに入れられた紙を開いてみると、森の奥深くの簡単な地図が書いてある。その下には、報酬《ほうしゅう》一〇〇万リンの文字もあった。

こういうふうに依頼されることもあるんだな。

ふうん、と俺は半《なか》ば感心しながら、皿に残っていた食事を食べ終え、会計を済ませ店を出た。

高額を提示してくるんだ。

よっぽどの物を運んでほしいんだろう。

断ることもできるが、まずは話を聞きに行こう。

俺はキュックに乗ってその場所を目指す。

地図の森は、南東の山裾《やますそ》に広がる森だった。

通称、魔女の森。

人間とは思えないほど魔力魔法に通じている女がいて、そいつを魔女と誰かが呼ぶようになった。種族が魔族なのでは？　とも噂《うわさ》されている。会ったことはないが、クエストの捕縛《ほばく》対象にならないので悪い存在ではないいんだろう。

森は魔王軍の勢力圏にかなり近いため普通なら危険を伴《ともな》うが、キュックで移動するのであれば問題は起きない。

上空にやってくると、煙突と屋根を見つけた。

「あそこだ、キュック」

「きゅぉー」

ばさばさ、とゆるく旋回しながらキュックは高度を落としていき、家の前に着地した。

キュックの首筋を撫《な》でてお礼を言うと、俺は扉をノックした。

「運び屋のジェイ・ステルダムです。ネズミから手紙をもらってここまで来ました」

「どうぞ」

端的《たんてき》な言葉が聞こえて扉を開けて中に入ると、眼鏡《めがね》をかけた長身の女性がいた。

着古したローブをまとい、豊かな黒髪はすこしボサボサだった。

「君があの運び屋か」

「どの運び屋かは知らないですが、たぶんそうかと」

「いい答えを返すね」

ぱちり、とウインクをされた。

見たところ、魔女と呼ばれる彼女からは異種族らしき気配を感じない。

「敬語は使わなくていい。君に敬《うやま》われるようなことはしていないからね。私はアルア。森の魔女だなんて呼ばれているらしいが、本当は森の美女にしてほしいと常々《つねづね》思っているんだが、ジェイ君がそう言って訂正《ていせい》しておいてくれないかい？」

「俺にそんな影響力はないよ。訊《き》かれたらそう答えておく」

「ありがとう。十分だ」

今でも十分な美貌《びぼう》をしているが、髪と身なりをそれなりにすれば、男が放っておかない女性になるだろう。

「ちなみに、ローブの下は何も身につけていない。普段全裸《ぜんら》なんだ。君が来たから無礼のない

ように、こうして着ても着なくてもいいような物を身にまとっている。私としては、何ら恥《は》じるような体ではないと思うのだけど……脱いでも？」

「脱ぐな」

マイペースがすごい。

くつくつ、とアルアは控《ひか》えめに笑う。

「気分を害したらすまない。何せ久しぶりに私の会話についてこれるスマートな男性が現れたので、嬉《うれ》しくなってしまってね」

「気にしてない。本題に入ろう。運ぶものは？」

散らかっている室内を見回していると、アルアは雑多に物が置かれているテーブルの上を強引に払った。

ドサ、ガシャ、と物が落ちていく。

「ここどうぞ」と座るように勧《すす》められる。

いや、そこテーブルの上だが……いいのか？

「今、連合軍と魔王軍が戦争をしているのは知っているだろう？」

「もちろん」

王都ルベルクにいると前線の話をなかなか聞かないので、忘れそうになるが。

アルアは紙束をぱらぱら、とめくって何かを確認する。

「軍からの依頼でね、魔族の不明な魔法の解析《かいせき》を頼まれているんだ。前線の作戦部からこんな辺鄙《へんぴ》なところまでわざわざ資料を運ぶなんて、ご苦労なことだよ」

紐《ひも》で束ねられた分厚い紙束を俺に差し出してきた。

「これを、連合軍第四軍団付き作戦部まで運んでほしい。私が二カ月ほどをかけて解析した魔法理論をまとめたものだ。ついでに言うと、亡くなった六人ほどの兵士がここまで届けてくれた資料を元にしている」

物質的な重みよりもアルアの説明が加わると、さらに重く感じる。

「受け取ってくれたということは、受諾《じゅだく》してくれたって思っていいのかな」

「……ああ。やるよ」

アルアは大まかな届け先を地図で教えてくれた。

ちょうどロウルを捜しに行ったときに部隊のおおよその位置は確認している。

「ああ、肝心《かんじん》の依頼料は軍に請求してくれ。こちとら魔法にしか興味のない森暮らしの美女だ。大した蓄《たくわ》えもない」

「じゃ、一〇〇万っていうのは」

「それくらい請求してもバチは当たらないだろう、という額を私が考えた。一筆書くから、それを軍の参謀《さんぼう》長に渡してくれ。従ってくれるはずだ」

そう言うと、アルアは床に落ちているペンとインクの入った壺《つぼ》を見つけ、手紙を書きはじめた。

アルアは、ちょっと不思議な人だが、すごいやつかもしれない。

普通、軍からわざわざ依頼なんてこないだろうし、一筆書いた程度で偉い軍人が従うはずもない。

「書いたよ。これも一緒に」

四つ折りにした手紙を渡された。

前線となると危険はつきものだ。

空を飛んでいれば真っ先にマークされる。

キュックの速度なら振り切れると思うが、用心のため、一度王都で準備をしたほうがいいだろう。

魔王軍には、翼を持つ種族が与《くみ》している。

翼人……一般的にはホークマンと呼ばれる種族だ。他にも翼を持つ悪魔、ガーゴイル。空を飛ぶ魔法を使う魔族もいるらしい。

連合軍は、対空用に魔法使いを配置しているせいで、最前線の火力が不足しているとも聞く。

軍の援護は期待しないほうがいいな。

それどころか、敵だと勘違《かんちが》いして誤射される可能性すらある。

ロウルを捜しに行ったときも細心の注意を払った。そのせいでキュックはスタミナを切らしていた。

「渡したらサインをもらってくる」

アルアがにこりと微笑《ほほえ》んだ。

「ん。好きにしたらいい。君が無事に帰ってきてくれることが何よりの印《しるし》だ」

俺はアルアの家をあとにし、キュックに乗って王都へ戻った。

冒険者でもなかなかある話じゃない。

敵と遭遇《そうぐう》しないように注意を払うが、キュックの体力切れはまずい。万が一に備えて食料を準備しておくことにした。

その中、フェリクと鉢合《はちあ》わせした。

「あ、ジェイ。今日運び屋のお仕事は？」

「これからだよ。フェリクは？」

「今日はもうおしまい。あ、そうそう。これ見て！」

得意そうな顔をして取り出したのは冒険証だった。

よく見ると、ランクがＤとなっている。

「おめでとう、Ｄランク」

「まだまだこれからよ」

と謙遜《けんそん》しつつも、表情がゆるんでいる。

ふと、フェリクを見て思い出したことがあった。

言うべきか迷ったが、もう二度とない機会かもしれないので、俺は言うことにした。

「イーロンド領の近辺に行くことになった。もし屋敷が壊されずに残っているとしたら……取ってきてほしいものはあるか？」

「私の、家の、近辺に？」

「ああ」

イーロンド家没落の原因は、魔王軍侵攻《しんこう》によるものだった。

「ジェイは、どこへ行くの？」

「前線の作戦部に届け物がある」

真剣な眼差《まなざ》しでフェリクは俺を見つめた。

「私もついて行くわ」

◆フェリク

「アホ。Dランクなりたての腕で魔王軍と遭遇するかもしれない場所へなんて連れていけるか」

ジェイならそう言うだろうとフェリクは思っていたが、まさしくその通りとなった。

「上空から見るだけでいいの。焼け落ちているかもしれないし、壊されているかもしれないけれど、どうなっているのかだけ、この目で確認させてほしいの」

「そこまで行かない可能性もある」

「ジェイ、お願い」

唇《くちびる》を噛《か》みしめ、フェリクは頭を小さく下げた。

っはぁ～、とジェイのため息がすぐに聞こえて、困ったように頭をかくボリボリという音がする。

「……俺の指示には絶対に従うことを約束してくれ。それなら、まあ」

「ありがとう、ジェイ！」

飛びついて抱きつきかけたが、フェリクはどうにか自重した。

「こんなつもりじゃなかったんだけどなぁ」

渋い顔をして、ジェイは腕を組んだ。

「もし屋敷がそのままなら、お母様が私にくれた大切なブローチがあるの。残っているのなら、回収したい」

「わかった、わかった。ま、軍が押し込んでて、イーロンド領は軍の支配下になっているかもしれないしな。焼け跡になっていないことだけを祈るよ」

「すぐに出発する？」

「ああ。必要そうな物資を揃《そろ》えたら出る。食堂前で待ち合わせよう」

「わかったわ」

フェリクは一度宿に戻り、滋養強壮薬《じようきようそう》と言われる小瓶《こびん》の液体を飲み干した。

「うえぇえ、何よ、これ。マズ……」

魔力にまだ余裕はあるが、今日のクエストの消耗《しようもう》を考えると、飲んでおいたほうがいいと思ったのだ。

冒険者ギルドで報酬としてもらったものだが、この後味なら飲まないほうがよかったかもしれない。

フェリクはぱちぱち、と両手で頬《ほお》を叩《たた》き、気合いを入れた。

魔王軍が襲来《しゆうらい》したあの夜を忘れたことはない。

カーテンに翼の生《は》えた何かの影が映し出され、対応しようとした警備の騎士があっという間に串刺《くしざ》しにされてしまった。

燭台《しよくだい》をかざした向こうに揺れる邪悪な横顔は、今なお脳裏《のうり》に焼きついて離れない。

騒音と悲鳴と叫び声が立て続けに聞こえる屋敷は、地獄のようだった。

メイドに連れ出され、地下へ向かう途中、父と母の変わり果てた姿を目にした。

呆然《ぼうぜん》と立ち尽くしそうになるフェリクをメイドは叱咤《しつた》した。

そして、隠し通路に繋《つな》がる地下倉庫まで連れてきてくれた。

『お嬢様はこの通路でお逃げください。他の皆さまはすでにここから脱出なさっておいでです。

さあ早く――！』

混乱するフェリクに、まともに思考回路が働くはずもなく、言われるがままその言葉に従った。

通路を進み、地上に出るとさっきまでいた屋敷は遠くに見えた。

他の皆さまとは誰のことなのか。先に逃げているとメイドは言ったが、誰の姿もない。

そこで、ようやくメイドの嘘《うそ》に気づいた。

あの時点ではまだ誰も避難できていなかったのだ。彼女は他の人たちを連れ出すため、また屋敷の中へ戻っていったのだ。

そのあと、自分がどこをどう歩いていったのかは思い出せない。軍に保護されたことだけはぼんやりと覚えている。

着の身着のままで、所持品は何もなく手ぶらだった。

だから、家族を感じるもの、あの幸せだった頃を思い出せる物が、ひとつでも手元に欲しかった。

冒険者としての日々を過ごすうちに、戦いにも慣れた。

あのとき。

敵に魔法を放てるほど冷静であったなら、こうはならなかったかもしれない。

今のように戦えるのであれば、撃退できていたかもしれない。

後悔しない日はなかった。

兄妹とメイドが無事に避難できていることを、祈らない日はなかった。


「もう、あの頃の私じゃない――」

小声でつぶやき、そう自分に言い聞かせた。

◆ジェイ

道具屋で新調した鞄《かばん》に、アルアから預かった書類を詰め、携行食《けいこうしょく》をいくつか放り込んだ。

食堂に向かうと、すでにフェリクが待っていた。

もう一度だけ俺は念を押す。

「戦う準備こそしたが、行って渡して帰ってくるだけだ。イーロンド家は、そのついでだからな」

「わかっているわ」

どうだか。

気迫十分って感じの顔をしているぞ。

イーロンド領は、魔王軍に襲《おそ》われた領地のひとつだ。

その悲劇的な知らせが届くころには、どこか遠くの出来事のように噂されていた。

イーロンド家は全滅したと俺は噂で聞いた。

その娘がここにいるのだから、噂は噂でしかないんだろう。

無言のまま城外に出ると、キュックを召喚する。

「きゅぉー」

窮屈な場所から飛び出てきたかのように、首をぶるぶると振って、翼を一度大きく広げた。

「頼むぞ、キュック」

「きゅ」

トカゲ時代からそうだけど、キュックは、俺の話している言葉を理解している節《ふし》がある。

こいつはバハムートらしい。それが本当なら、その程度の知能はもともと備えているのかもしれない。

俺とフェリクが乗ると、キュックは飛び立った。

イーロンド領方面……南西へ進路を向け、敵に見つからないようになるべく低空飛行させた。

屋敷が近くなったのか、フェリクが見覚えのある物を指差していく。

「じゃあ、屋敷が近いんだな」

「ええ」

その割に、届け先の軍団がいる気配がない。ここ以上に押し返しているのか？　それとも
——。

地上には、魔物の部隊がいくつも見えている。魔王軍の勢力範囲ってことか。

どうやら深入りしすぎたらしいな。

連合軍が以前より後退している。

キュックに旋回を指示しようかというとき、後ろから「あった！　あそこよ！」と声が上がった。

「イーロンド家の屋敷。あそこよ！」

たしかに、フェリクの指が示す先には屋敷がある。絵に描いたような地方貴族の屋敷で、可もなく不可もない大きさのものだった。

旋回して届け先をまず探すか？　いや、ここまで来たのなら、もう——。

周辺が魔物だらけなら、届け先を探しただろう。

だが、今その姿はない。

屋敷が無事に残っているなら、価値を知らない魔王軍がフェリクの母親の形見《かたみ》のブローチを

放置している可能性は高い。

「魔王軍がどこに潜《ひそ》んでいるかわからない。あまり長居はできないぞ。目的のブローチを回収したらすぐに出る」

「了解」

キュックが翼の動きを最小限にして飛ぶ。それだけでかなり静かな飛行となった。

音をなるべく立てないように、キュックが屋敷の屋根に着地する。

「あそこ。屋根裏の窓があるわ。そこから中へ」

「俺も行く。敵がうようよいるかもしれない」

再召喚は魔力を消費する。すぐに飛び立てるように、キュックには屋根で待ってもらうことにした。

足音を忍ばせ、屋根裏へ続く窓を開けてフェリクが中へ入る。俺も続き、梯子《はしご》を使って階下へと降りていった。

そこで俺が先頭に立ち、フェリクには後ろから道を指示してもらった。

多くはないが、魔物の気配がある。

便利だから拠点《きょてん》として残しておいたってところか。

「私の部屋はここよ」

「開けてくれ。中を確認する」

うなずいたフェリクが扉をそっと開け、俺は部屋に入る。さすがはお嬢様というべきか。いきつけの食堂程度には部屋が広い。

「ボググッ――!?」

一体、豚《ぶた》の魔物オークと鉢合わせになった。

「ボギャ、ゴゴオ！」

休んでいたのか、オークはテーブルの上に置いていた剣を慌てて取ろうとした。

それよりも早く、俺は剣を抜き放ちオークに斬撃《ざんげき》を浴びせる。

袈裟懸《けさが》けに力いっぱい斬《き》り下ろした一撃は、致命傷の手応《てごた》えがあった。

「ボゴゥ……」

血を吹き出し倒れそうになるオークを、そっと支えて物音を立てないように床に横たえた。

「ジェイ」

「問題ない。それよりも早く」

「ええ」

中に入ってきたフェリクが、真っ先に机の引き出しを探す。

「あったわ！」

「よし。とっとと逃げるぞ」

ボギャボギャ、というオーク特有の鳴き声が聞こえてくる。

何か騒いでいるな。

……俺たちに気づいたか？

ドッドッド、と巨漢《きょかん》が走るような重い音。

「ボギャゴォぉォぉ！」

ドオン、という物音とともに、扉が呆気《あっけ》なく破られ、倒したオークより一回りほど大きな個体が現れた。

装備品も、奪ったものだろうがいい物を身につけている。

人間なら両手で扱うだろう大剣を片手で握り、唾《つば》を飛ばし涎《よだれ》を垂《た》らしながら何かわからない言語で喚《わめ》いている。

「勘のいい豚野郎め」

俺たちのニオイや気配を察知《さっち》したか？　それとも、部下の様子を見に来たか。

「違う、こいつじゃないわ……」

「何言ってる、フェリク。窓からキュックを呼んでくれ。脱出する」

フェリクが返事をする前に、隊長オークが突っ込んできた。振り下ろされた大剣を俺は剣を横にして受け止めた。

「ゴギャア！　ポポゴッ！」

「良い打ち込みと気迫だが、ま、ランクで言うならBってところか」

俺は気合いの声を上げて大剣を押し返す。

下が騒がしい。もう侵入者がいることはバレたな。

「ポォォォォ――――ッ！」

隊長オークが雄叫《おたけ》びを上げ、大剣を横に払う。それを俺はかいくぐるようにして間合いを詰めた。

「オォッ！」

体重を乗せた斬撃を食らわせる。ぼひぃ～と悲鳴が上がった。

俺は息つく間もなく、剣撃を加える。

馴染《なじ》みの剣に、体に馴染んだ連撃の技《わざ》。

敵に倒れることすら許さなかった。

俺がSランク冒険者たる所以《ゆえん》の、電光石火《でんこうせっか》の速攻技だ。

「ぽぎょぉぉおうう……」

全斬撃をその身に受けた隊長オークは、壁に磔《はりつけ》になったように立ち尽くしている。

目から生の光がなくなるのがわかると、ずどぉおん、と大きな音を立てて前のめりに倒れた。

ふう、と一度呼吸をすると、俺は血振りをして剣を鞘《さや》に収めた。

「あんな、大きなオークを一瞬で……」

フェリクが目を剝《む》いて驚いていた。

「この豚ちゃんには永遠に近い一瞬だったろうけどな」

ポゴ、ボグウ、と他のオークたちの鳴き声がどんどん近づいてくる。

「キュックは？」

「呼んだのだけれど――」

俺じゃないと言うことを聞かないのか？　いや、フェリクの言葉も理解していたし、反抗するような態度は一度として取ったことがない。

窓から上を見ると、屋根にいたはずのキュックは、隼《はやぶさ》のような俊敏さで空を鋭角に飛んでいる。

「キュック……？」

目を凝《こ》らしてみると、もう一体空を飛んでいる何かがいる。

鈍色《にびいろ》の体色をした翼を持つ魔物――ガーゴイルだというのがすぐわかった。

キュックがガーゴイルを追い払おうと戦っていた。ここから見た感じでは、ダメージを負った様子はない。

「キュ――――ック！」

呼ぶと、ギュン、と方向転換したキュックが、急降下して窓のそばまでやってきた。

フェリクを先に乗せ、俺も続いて背に乗った。

「あいつ……あいつだわ。あの空を飛んでいる魔物！　尻尾《しっぽ》に傷がある。間違いないわ」

「あいつって？」

「襲撃《しゅうげき》された夜、魔物を率《ひき》いてやってきたの」

ガーゴイルが雄叫びを上げた。

「ゴォルアァァァァァァ！」

翼をはためかせ、こちらへ飛んでくるガーゴイル。

その両手に魔法陣が浮かんだかと思うと、薄紅色《うすべにいろ》の魔法を放ってきた。

「きゅぉ」

持ち前のスピードでキュックがあっさりとかわす。

ガーゴイルは、分厚く硬《かた》い外皮で守られており、物理的な攻撃は当たってもかすり傷程度にしかならない。

弓矢でどうこうなる相手でもない。

一度倒したことはあるが、あの外皮は防刃性《ぼうじん》が高いのかダメージを与えられるものの、最終的に持久戦となってしまった。

物理無効とされるギガスライム以上の難敵《なんてき》だった。

しかも今は空。全身の力を使った攻撃ができない。

「フェリク、魔法の準備を」

「っ！　わ、わかったわ」

ガーゴイルが再び放った魔法を、キュックが宙を旋回しながら次々にかわしていく。

「当たってッ！　フレイムショット！」

ゴォ、と放った火炎弾がガーゴイルに直撃した。

「ゴルォ……ッ！」

煙が晴れると、ガーゴイルは首を振ってこちらを睨《にら》んだ。

「効《き》いてない……？」

と、思いそうになるが、移動速度が少し遅くなっている。

「いや、効果はある。続けるんだ」

「ええ！」

フェリクは、俺の指示通り火炎魔法を放ち続けた。

命中率七〇％といったところか。

それも、徐々《じょじょ》にガーゴイルの動きが鈍《にぶ》くなってきたので、当てやすくなっていた。

「ゴウオ、ゴウオ、ゴウオォォォォ～」

ガーゴイルが、先ほどとは違う鳴き方をした。

仲間を呼んだな？

その声を聞きつけた魔物たちがたくさん地上に集まりはじめていた。

俺が召喚以外の魔法を使えれば、もっと楽に戦えるんだが――。

「このままじゃ敵がどんどん集まってくる。一か八かやるぞ」

「え、何を？」

キュックは、フェリクの魔法の弾速よりも速い。

「フェリクは、魔法を放ったらキュックにしがみついてくれ」

「え、ええ……」

話が見えないだろうけど、詳《くわ》しく説明している暇《ひま》はない。

「何するか知らないけれど、いくわよ――！　フレイムショット！」

火炎の弾が宙を駆ける。

またかというように、ガーゴイルが翼で防御《ぼうぎょ》する体勢に入った。

「キュック！」

「きゅおおお！」

ガーゴイルへ向かってキュックが全速力で飛んだ。

「きゃっ」

後ろでフェリクの小さな悲鳴が聞こえた。

ぐんぐんキュックは火炎弾との距離を詰めていく。俺は鞘から剣を抜いた。

フェリクのフレイムショットがガーゴイルの翼に直撃した。

その瞬間。

俺は身動きの取れないガーゴイルに向かって斬撃を放つ。

それは魔法効果が持続するコンマ数秒の時間。

火炎魔法と同時の斬撃は、俺が狙《ねら》った通りの攻撃効果を生み出した。

炎の効果を纏《まと》う白刃《はくじん》がガーゴイルの翼と筋《すじ》を両断。

振り抜いた刹那《せつな》、ガーゴイルの首が飛び、逆さまになって体が落ちていった。

「よし。なんとか上手《うま》くいったな」

俺はひと息つき胸を撫でおろした。

「それならそうと早く言いなさいよ」……とでも言いそうなフェリクだが、何の反応もない。

「きゅ？　きゅぉぉぉぉぉぉ!?」

キュックが慌てたような声を上げた。

振り返った先に、フェリクがいない。

「あいつどこに——。え？　ああああああああああああああ!?」

先に気づいたのはキュックだった。俺が叫んでいる間、ひゅ————ん、と落ちていく物体目がけて全速力。

「いやぁぁぁぁああああああああ!?」

フェリクが悲鳴を上げながら落ちていた。

真っ逆さまに落ちていくフェリクのそばまでキュックが辿《たど》りつく。

「フェリク！　手を！」

「っ――――！」

伸ばされたフェリクの手を俺ががっしりと摑《つか》んで引き上げた。

「あ、危ねえ……。少し気づくのが遅れたらぺしゃんこだったぞ」

「あ、あんなことになるなんて……摑まっていたのに振り落とされたわ……」

あの悲鳴のときらしい。

「キュックのおかげだ。ありがとう」

「きゅーぉ」

どういたしましてって言ってる気がする。

「あのガーゴイルは？」

「ほれ。あそこ。無残《むざん》な姿に」

「そうしたのはあなたでしょう？」

くすくすっとフェリクが笑う。

「落ちている最中だったけど、見えたわ。魔法攻撃と同時に剣で攻撃するなんて、どういう発想？」

「まあ、経験からくるとっさの思いつきだ」

「……すごい発想。特筆すべきはそれを成功させてしまう剣の腕よ」

「上手くいった。運がよかったんだ」

褒《ほ》められるのに慣れてないので、俺は早々に話題を変えた。

「ブローチ、見つかってよかったな」

「ええ。屋敷もオークたちのねぐらになっていたけれど、残っていてよかった。私一人では何もできなかったわ」

「いいよ、別に。ついでだからな」

地上では魔物たちが大騒ぎをしているが、攻撃が飛んでくることはなく、俺たちは無視してその場を去っていった。

「本当にありがとう」

つぶやくようにお礼を言ったフェリクが、俺の腰に腕を回して抱きついた。


キュックに乗って飛び回ってようやく連合軍の旗《はた》を見つけ、その中でも最奥《さいおう》に位置している幕舎《ばくしゃ》を目指した。

キュックのことを騒がれても困る。

あと、戦闘と飛び回ったせいでバテてもいたので、陣地から離れた地点に着地し、召喚を解除してキュックには戻ってもらった。

キュックは、速力においては他の追随《ついずい》を許さないが、長い距離を飛び続けられるスタミナがない。背中に載《の》せられない荷物は、爪で引っかけられるようにそれを包む必要がある。

この二点が乗っていてわかったことだった。

運ぶ物が少量で軽量ならまず間違いなくキュックは圧倒的に便利で速い。

だが物によっては、依頼を断らなくてはいけないかもしれない。

幕舎に近づくと見張りの兵士に俺は用件を伝えた。

すぐピンときたようで、案内をしてくれた。

「参謀長閣下《かっか》、魔法解析の書類を運んで参った男がいます」

「あぁ、入りたまえ」

兵士に入口を開けられ、俺たちは中に入った。

そこには、簡易式のテーブルの前に座る老将校がいた。

白髪《しらが》の薄くなった頭に、丸い眼鏡をかけている。

「こちらを」

俺は鞄に入れていた書類を取り出す。

「ありがとう。想像以上に早い到着で助かった。ハロエム准将《じゅんしょう》だ」

「運び屋をやっているジェイ・ステルダムといいます」

手を差し出されたので俺は握り返した。

参謀長が書類を確認していると、報酬の手紙を発見し苦笑する。

「一〇〇万？　さすがに吹っかけすぎではないか。たしかに迅速《じんそく》ではあったが」

それまで黙っていたフェリクが、おほん、と咳払《せきばら》いをした。

「閣下。お言葉ではございますが、我々は、戦線が変化していることも知らず、第四軍団陣営を捜し回ったのです。そのアルアという方に書類を送ってからどれほど経《た》ったのでしょう？」

少し考えるような間《ま》が空《あ》くと、参謀長は肩をすくめた。

「いいだろう。このお嬢さんの弁にも一理ある。支払おう」

「ありがとうございます」

報酬は揉《も》めごとになるから、今後は、支払い人の了承《りょうしょう》を得てからにしないといけないな。

参謀長は秘書のような事務官を呼びつけると、お金を準備するように言いつけた。

俺がフェリクを見るとしたり顔でにんまりと笑った。

頭をぽりぽりとかいた参謀長は、うんざりしたように言う。

「旧イーロンド家を拠点としている小隊規模の魔物がいてね。ガーゴイルを中心とした奴《やつ》らで、オークもいるのだが、これがなかなかどうして厄介《やっかい》で戦線が膠着《こうちゃく》しているんだ」

……ガーゴイル？　イーロンド家を拠点にしている？

俺とフェリクは顔を見合わせた。

「あの、そのガーゴイルというのは、魔法を放ちますか？」

「ああ。よく知っているね。空を飛ぶし、皮膚《ひふ》は硬くて分厚い。矢が効かない上に魔法で攻撃してくる。おまけに地上からは巨体のオークが部下を率いて攻め寄せてくる。こちらから強引に攻撃すれば犠牲《ぎせい》者が多数出る。その前線拠点がなかなか攻略できなくて——」

「倒しましたよ、来る途中」

「ん？」

顔を上げた参謀長は、ズレそうになった眼鏡を押し上げた。

「倒したというと？　何を？」

「そのガーゴイルです」

「はぁ？」

「ついでだったので」

「ついで⁉」

参謀長は何に驚いていいかわからないのか、目を白黒させていた。

「が、ガーゴイルだぞ。物理防御力が高く、魔法を放ってくる空飛ぶ小型要塞《ようさい》のような、あの」

「はい。まさしくそれです」

ズルリ、とまた眼鏡がズレた参謀長。

「し、信じられん……」

「巨体のオークは、大剣を持っていませんか？」

「ああ。あのオークも非常に厄介で、剛腕《ごうわん》で先陣を切り部下を鼓舞《こぶ》する難敵だ。…………なぜ大剣を持っていると知っているのかね」

「そのオークも倒したんです。ついでに」

「ついでに⁉　その二体を倒したということは、あの拠点を落としたも同然だ……！」

兵士が一人息を切らせ幕舎に駆けこんで来た。

「イーロンドの屋敷近辺で、ガーゴイルの死体を発見いたしました！　何者かによって、斬られたようです！」

「斬られている……？　一体どんな芸当を……！」

参謀長は、俺を見て、腰の剣に目をやった。

状況を整理するためその兵士を下がらせると、事務官が報酬を運んできてくれた。

「閣下、一〇〇万リンをご用意いたしました」

ぷるぷる、と震えた参謀長は声を上げた。

「た、足らんわぁ――――――――ッ！」

「しかし一〇〇万リンを用意せよ、と……」

ぽかんとしている事務官に参謀長は言った。

「状況が変わった！」

参謀長は、ガーゴイルと巨体オークを倒したことを大きく評価してくれているらしい。

「ステルダム君、いくらだ！　いくらほしい!?　言ってみたまえ。さあ」

「……それじゃあ、三〇〇万とか……？」

「い、いいのか、たったそれだけで!?」

取り乱しまくりの参謀長は、ズレた眼鏡を戻すことも忘れて俺に詰め寄った。

俺が提示した三〇〇万というのは、かなり安かったらしい。

これ以上値《ね》を上げても、あとが怖い。

三〇〇万はかなり吹っかけた金額なので、これ以上はもらえない。

「十分です」

「よぉぉおし、君、三〇〇万だ。すぐに準備を」

「は」

事務官はすぐに出ていき、大金を持って戻ってきた。

二人で確認すると、たしかに三〇〇万あった。

「たしかにいただきました」

俺は三倍になった報酬を鞄に入れる。

「何から何までずいぶんと世話になってしまったな。依頼をしたいときはどうすればよい？」

「王都の二番通りにある食堂によくいます。そこに来ていただけたら。いなかったらアイシェという店員の女の子がいるので、彼女に伝言をお願いします」

「わかった。何かあったときはよろしく頼むよ」

「こちらこそ」

また俺は参謀長と握手を交わし、フェリクとともに陣地をあとにした。


アルアの家にやってくると、俺は配達の報告と報酬の話をした。

「それで三〇〇万をもらったのかい？」

「もらいすぎのような気もするが」

「何を言う。ジェイ君の能力と結果に対する正当な対価だ。安いくらいだよ」

三〇〇万が安いくらいって、最前線の感覚っていうのは日常のそれとは違うもののようだ。

「ネズミを俺のところへ遣《つか》わしたように、別の動物を使って参謀長のところまで書類を運ばせたらよかったんじゃないのか」

「ああ、あの魔法は距離が限られている。届け先も不透明だったし、ネズミには難しい」

そういうことだったらしい。

俺はアルアに一〇〇万リンほどを渡そうとした。元々はアルアが依頼してくれたからだ。

だが、それはあっさりと断られた。

「ある程度軍から報酬はもらっている。そんなものより、君がまたここへ来て話し相手になってくれるほうが、一〇〇万以上に価値があるよ」

美人にそう言われれば、悪い気はしない。

「気が向いたら来るよ。あとは依頼をしてくれれば確実だ」

「おや。意外と商売上手なんだね」

ふと、俺はキュックのことをアルアに尋《たず》ねてみた。

「召喚獣のトカゲが、バハムートらしき竜に変化？　進化？　したんだが、召喚獣がそんなふうになることはあるのか？」

「可能性はゼロではないよ。召喚魔法というのは、いまだにわからないところが多い。彼らは契約後、どこかの亜空間で待機しているとされているが、それも仮説にすぎない。本当はどこかに存在している契約獣を自分のもとへ呼び出しているだけの空間転移魔法なのかもしれないし」

詳しそうなアルアでもわからないのなら、俺にわかるはずもないか。

「わかった。ありがとう。今度来たときにでも見てもらうよ」

「今日でもいいんだよ？」

「今日はやめとく」

ちら、と窓に目をやると、しびれを切らしたフェリクが窓からじぃーっとこっちを見つめている。

「可愛《かわい》いお連れさんだ」

「あの子をこれ以上待たせると、何を言われるか」

「それじゃあ、仕方ない」

残念そうにアルアは肩をすくめた。

俺は簡単に別れの挨拶《あいさつ》をしてフェリクとともに王都へと帰っていった。


あっという間に所持金が増大した俺は、食堂で普段食べられないような厚切り肉をがっついていた。

夕方とあって、一仕事終えた男たちが店に次々とやってきている。冒険者らしき人もちらほらといた。

俺の向かいにはフェリクが座っており、お上品にナイフで肉を切り分けている。

「……分け前、本当にいいのか？」

いくらか渡そうとしたら、それをフェリクは拒否したのだ。

「そんなことをしたら、イーロンド家の恥《はじ》よ。ほとんどあなたが戦ったおかげじゃない」

「フェリクがついて行くって言ったおかげなんだけどな」

「この食事の支払いを持ってくれるだけで十分よ」

「そう言うんなら……」

フェリクがいなければ、ガーゴイルは倒せていないわけだし、もしフェリクがお金に困ったらいくらか渡してやろう。

「ジェイさん今日は景気がいいねー？」

アイシェが頼んでいた葡萄酒《ぶどうしゅ》を二杯運んできてくれた。

「まあな。仕事が上手くいったんだ」

「それはよかったね」

アイシェとフェリクが、何やら目で会話をしている。

フェリクは首を振って、アイシェは顎《あご》で何かを差していた。

もじもじ、としながら、フェリクが小さく手を挙げた。

「あの、ジェイ」

「うん？」

ちびりと俺は葡萄酒に口をつける。

「そのぅ……」

何か言いたげなフェリクに、アイシェが酒を差し出した。

覚悟を決めたような目をしたフェリクが、差し出された葡萄酒を一気に呷《あお》る。

「なんだよ、フェリク、いける口だったのか」

軽く冗談を言うと、マジな目をしたフェリクが、空いた杯《さかずき》をテーブルにドンと置いた。

「ジェイ」

「お、おう」

「私は……あなたに、感謝をしていて……」

「それは、まあ、知っているけど」

今日だけで何回もお礼を言われたし。

「冒険者としても、魔法使いとしても、これから、精進《しょうじん》していくわ」

……という所信表明をしたかったのか？

不思議に思って首をかしげていると、見守っていたアイシェが横から口を出した。

「フェリク違うじゃん。言いたいことは、そんなことじゃないでしょっ」

「ち、違わないわ。か、勝手に私の言いたいことを邪推《じゃすい》して、面白《おもしろ》がらないで」

「え～～～？　そんなこと言って、知らないよ～～～？　ジェイさんって、朴念仁《ぼくねんじん》だけど意外と
――」

頬を赤くしているフェリクが、何かを訴えるようにアイシェをペシペシと叩く。

「いましたわぁ～～～！」

そんなとき、聞き覚えのある声がしてそちらに目をやると、テオラル家のニナがいた。

王都随一《ずいいち》のコスパ最強食堂に似合わない上品なワンピースを着ているせいで、かなり浮いている。

スカートをつまんで持ち上げると、主人を見つけた子犬のように小走りで俺のいるテーブルまで駆け寄ってきた。

「どうも」

「ご機嫌麗《うるわ》しゅう、ジェイ様。ここにいらっしゃるとお聞きしていたので」

「ご依頼ですか？」

「違いますわ」

じゃあ、何をしに。

「会いに来ましたの！」

ぶふっ、と俺は口にしていた葡萄酒を吹き出しそうになった。

「あ、会いに？」

「はいっ」

めちゃくちゃいい笑顔だった。

「フェリク、ほら、ジェイさんがお嬢様釣ってきてるよ」

釣るってなんだ、釣るって。

「べ、別に私はジェイが誰と懇意《こんい》にしようが関係ないわよ」

フン、と顔をそらしたフェリクを見て、ニナが声を上げた。

「フェリクお姉さま！　お召し物が冒険者になっていたから、気づきませんでしたわ！」

「ニナ……久しぶり！」

「知り合いなのか？」

なくはないのか。比較的最近までフェリクもお嬢様だったわけだし。

「晩餐《ばんさん》会でも別荘でもフェリクお姉さまとは何度もお会いしていますの」

「へえ。仲いいんだな」

「まあね」

と、まんざらでもなさそうなフェリク。

「お姉さまのイーロンド家のことを聞いて心配しておりましたけれど、ご無事で何よりですわ」

「ニナこそ、今は王都にいるの？」

「そうなんですの――」

久しぶりに会った二人が近況の報告をし合っていると、アイシェがニマニマと笑っていた。

「これは、大変なことになりそうだよ」

何のことか聞こうとしたら、アイシェは他の客に呼ばれ、別のテーブルへ向かった。

「ところで、お姉さまは、ジェイ様とどういったご関係なのでしょう？」

「わ、私？　私は、その……ジェイがやっている仕事の、お手伝い？　みたいな。……ぱぱぱぱぱ、パートナーっていうか」

　声を裏返しながら言うフェリクの顔は真っ赤だった。

「ジェイ様、そうなんですの？」

「パートナーっていうか、何度か手伝ってもらっただけだ」

「……」

　すごくつまらなさそうな半目《はんめ》をして、フェリクは俺を見つめてくる。

「なるほど……状況は把握《はあく》いたしましたわ」

　ふむふむ、とうなずいたニナは、空いている椅子《いす》を俺の隣に運んできて座った。

「わたくしがここで食事をしても問題ないということですわ」

「ニナ。家の人が心配するから、あなたは帰りなさい。ここは、子供が来るような場所じゃないわ」

「お姉さまだって十分子供ですわ！」

「あなたより四つも年上だから大人よ」

「一七のどこが大人なんですの？」

　フェリクって一七歳だったのか。

「大人か子供かを分けるのは何かというと、落ち着きと品性ですのよ、お姉さま」

「う――うるさいうるさい、うるさぁぁい！」

うわ、子供だ。めちゃくちゃ子供みたいな駄々《だだ》のこね方してる。

「なんかヤな感じだから帰ってっ。今夜は、私とジェイの楽しい祝勝会なんだからぁぁぁぁあ！」

酒が入っているせいか、もう駄々っ子にしか見えない。

ニナも呆《あき》れたように瞬《まばた》きを繰り返している。

「言っても聞かなそうですので、ジェイ様、わたくしはこれで失礼いたしますわ」

「ああ、なんかすみません」

「わたくしのことは、ニナとお呼びくださいませ。敬語でなくても結構ですのよ」

「じゃあ、今後は遠慮なく」

そう言うとニナはにこりと笑みを浮かべた。

「ちょっと――何二人でこそこそ話をしてるのよ！」

フェリクが人差し指を突きつけて詰問《きつもん》してくる。

「お姉さま、嫌われますわよ、そんな態度ですと」

「うっ……」

おやすみなさいませ、とニナは丁寧《ていねい》に挨拶をして食堂を出ていった。

「何よ、もう……上手くいったお祝いの夕飯だったのに」

「ニナだって、邪魔したかったわけじゃないだろう」

「一三の小娘の肩を持つ気？　ジェイは、ああいう子が好きなの？」

「ああいう子が好きってわけでもないし、肩を持つつもりもないよ」

俺からすればフェリクも十分小娘だ。

「ならいいけどっ」

ぐびぐび、とまた酒を呑《の》んで杯を空《から》にすると、アイシェに酒の追加注文をする。

「飲みすぎるなよ？」

「いいじゃない。今日くらい」

なくなっていたかもしれないブローチを取り戻し、屋敷もじきに軍が奪い返すだろう。

フェリクにとっては、これ以上の祝勝会はない。

俺は苦笑して、アイシェに同じ酒を追加で頼んだ。

「俺も付き合うよ」

片手で持つのが覚束《おぼつか》なくなったのか、杯を両手で支えながら飲むフェリクは、上目遣《うわめづか》いで小声で言った。

「………ありがと」

それからフェリクは、予想通り潰《つぶ》れた。

呑み慣れてないいんだろう。

潰れるまでは、家族のことを思い出してちょっと泣いたり、思い出を聞かせてくれた。

テーブルに突っ伏しているフェリクに上着をかける。

「こんな日があってもいい、か」

俺は潰れて眠るフェリクを見ながら、また杯を持ち上げた。

冒険者としてクエストを繰り返すだけの毎日にはない充実感が、たしかにあった。

俺への配達依頼が日に二件、三件と徐々《じょじょ》に増えていった。

依頼の大小問わず、俺にできる範囲でこなしていくと、依頼人は例外なくその配達速度に驚いていた。

俺からすると、キュックを使役《しえき》して飛んで行って帰ってくるだけの、ちょっとした空中ドライブみたいなものなので、こんなことでお金をもらっていいのか、とも思う。

逆に、「こんなに安くて大丈夫なのか？」って心配されるくらいだから、俺が想定している相場はサービス内容を考えればかなり割安のようだ。

今日もまた一件配達を済ませて食堂に戻ってくる。

「ジェイさん、また一件きたよー？」

受付役をしてくれているアイシェが、依頼用紙をひらひらとさせた。

「了解。いつもありがとうな」

「ううん」

首を振ってアイシェは言った。

「ジェイさんの人柄と能力が、みんなについにバレはじめたのが嬉《うれ》しくて」

無邪気な笑顔で真《ま》っ直《す》ぐに言われると、なんだか照《て》れくさい。

アイシェ目当てでここに通う若い冒険者が多いのも納得だった。

アイシェから受け取った依頼用紙を見てみると、依頼人はニナからだった。

「ニナ、また来たのか」

俺は呆《あき》れたように言う。

あのお嬢様は暇《ひま》さえあればここへ馬車を無駄に走らせやってくる。旧知のお姉さまことフェリクが、ここでよく食事をしているのを知ったというのもあるんだろう。

「今回はちゃんと依頼しに来たみたいだから追い払わなかったよ」

……いつも追い払ってたのか。

アイシェ、貴族のお嬢様が相手でもフランクに接してるんだな。

依頼用紙に目を通してみると、たしかに、きちんとした依頼ではあった。

『お姉さまとわたくしが出会ったイーロンド家の別荘が、盗賊《とうぞく》のねぐらにされているようですの。立ち退《の》きの警告書をご用意いたします。それを届けてくださらないでしょうか』

別荘に盗賊か。

なくはない話だ。

貴族御用達《ごようたし》の別荘は、たいてい何名かの使用人が滞在して状態維持《いじ》に努めているが、フェリクのイーロンド家は領地を失った没落貴族。給料が支払われない以上、使用人たちは辞《や》めていく。

結果、居心地のいい空《あ》き家が放置されることになる。

「発想がお嬢様というか、なんというか……」

警告書を渡して、「そうとは知らず失礼しました。出ていきます」と盗賊が従うはずがない。

そもそも倫理観《りんり》がきちんとしているやつは、盗賊なんてしないんだよなぁ。

頭をかいて困っていると、フェリクが食堂にやってきた。

「こんにちは。また依頼?」

「よう。フェリクの家って別荘があったのか?」

「大した別荘ではないけれど、一応貴族だったし一軒だけ、あるわよ」

そこで俺はニナからの依頼書をフェリクに読んでもらった。

「ニナからすると、思い出の場所に盗賊が土足で踏み込んできたってところなんだろう」

「そう知らされると気分はよくないわね。私もついて行っていい?」

イーロンド家の別荘だ。関係者がいたほうがいいだろう。

俺はふたつ返事をして、フェリクとともに警告書を用意しているというニナのテオラル家へ向かった。

俺が来ることはすでにメイドや警備兵に伝えていたのか、顔を見せるとすぐにニナに会わせてくれた。

「じいが警告書を書きましたわ。これを持っていけば、盗賊たちはあの別荘から立ち去ってくれること間違いないですわ」

ニコニコのニナには言いにくかった。

そんな紙切れ一枚でどうにかなる善人なら、盗賊なんてしてないんだよ。

「ちなみに、別荘ってどこ？」

「王都から北西にあるフェルヒール地方の森にあるわ」

あぁ、避暑地とかで貴族がよく行くって聞く、あの。

ニナの口ぶりからして、テオラル家の別荘もそのあたりにあるんだろう。

「他家の方が別荘に滞在していたときに、その盗賊のことを知ってご親切に教えてくださったのです。わたくし、お姉さまと過ごしたあの別荘を好き勝手荒らされるのは我慢《がまん》なりませんの」

「わかったよ。……まあ、善処する」

警告書を受け取り、俺とフェリクは屋敷をあとにした。

「点々と別荘が建てられている静かな森で、幼《おさな》い頃にニナと出会ってよく遊んだわ」

それからは、晩餐《ばんさん》会で顔を合わせる度《たび》に近況を報告し合って仲を深めていったという。

「警告書程度で立ち退くような悪党ならいいのだけれど」

苦笑するフェリクに、俺も同意するように小さく肩をすくめた。

人けのない場所を見つけ、キュックを召喚して移動をはじめる。

フェルヒール地方は、山や川、森が多く、一般的な平民が快適に暮らせる地方ではない。

木こりや狩猟《しゆりよう》で生計を立てている者はいるだろうが、そう多くはない。平地も少なく、畑も広げられない。貧《まず》しい町や村ばかりという印象だった。

「だから、貴族がときどきやってきてくれるのは、大歓迎だったみたいよ」

旅気分の金持ちでも食料は必要になる。多少高くても買ってくれただろう。

フェリクが指を差した先に、森が見える。ところどころ、木々がなく開けた場所があった。

遠目からでも屋敷のような家が建っているのがわかる。

あれも別荘の一軒だろう。

そこからは、フェリクの案内に従ってキュックに飛んでもらい、上空からイーロンド家の別荘を発見した。

キュックにゆっくりと高度を下げてもらい、家の前に着地した。

「お疲れさん」

「きゅぉー」

食堂であらかじめ買っておいた干し肉をキュックに食べさせて、頭を撫《な》でた。

別荘には人が暮らしている気配があった。所々カーテンが閉められており、正面玄関の脇《わき》にゴミ捨て用の穴が掘られている。

手入れがされていない芝《しば》に、枯れ果てた花畑。荒《すさ》んだ外観に、なるほど、盗賊が好みそうな陰湿な雰囲気《ふんいき》があった。

俺は扉を強めにノックする。

「こんにちはー？　この別荘の所有者ですが誰かいますか？」

反応がない。ふと見上げると、さっき閉まっていたカーテンが開いており、またすぐに閉められた。

扉の向こうで人の動く気配がする。

「誰だ？」

濁《にご》ったダミ声が聞こえ、扉が開いた。

三〇絡《がら》みの体格のいい男だった。手入れのされていないひげは、口元を覆《おお》っており、思い描いていた典型《てんけい》的な盗賊の容姿をしていた。

反《そ》りの深い特徴的な剣を腰に佩《は》いている。

「なんだ、てめえ。ここは、オレ様んちだが」

「ここは、イーロンドという貴族の別荘で……」

「知らねえな！」

予想通り、話を聞いてくれるような人間ではないか。

「他貴族の方からですが、ここを占拠《せんきょ》している何者かがいると聞いたようで、立ち退きの警告書を渡すように申しつかってます」

「なぁーにが警告書だ。オレんちだっつってんだろうが。耳ついてんのか、てめえは」

「ッ……」

フェリクが怒るのがわかった。

俺は目で一度制して、仕事上の手続きをすることにした。

「受け取ったというサインをまずいただきたいのですが」

「オレのハナクソでもくれてやろうか？　ダーハッハッハッハ！」

「ッッッ……！」

今にも魔法を放ちそうなフェリクの腕を摑《つか》んで、俺はまた制する。

奥から話し声を聞きつけた男たち……いずれも盗賊だろう……が顔を覗《のぞ》かせた。

「兄貴、さっきから何してるんですかい」

「客？　うひょ、オンナがいるじゃねえか」

「こいつらは、どうやらオレ様たちにここから出ていってほしいらしい」

兄貴と呼ばれた盗賊は、俺の手からひったくるように警告書を奪うとビリビリに破いた。

「……サインを、いただけますか」

「とっとと帰れ。痛い目みたくねえならな？」

話が通じない。

「帰れ、帰れ！」

「ああ、いやいや、待てよ。オンナだけ置いて帰れ」

「いいな、それ、ギャハッハッハ！」

「っつーわけだ、運び屋さん。とっとと失《う》せな」

男は威嚇《いかく》するように顔を近づけ、獰猛《どうもう》な笑みを覗かせた。

運び屋は一旦《いったん》終了だ。

強制退去してもらおう。

俺は殺気を込めて男を見つめ返した。

「その汚い首は、ちゃんと洗っているか？」

「あ？　何言ってやがる」

「サインはもういいと言ったんだ。おまえたちの首で十分代わりになるだろうからな」

俺の発言を宣戦布告と受け取った男は、剣を抜いた。

「運び屋風情《ふぜい》に舐《な》められたもんだぜぇ」

ゲへへ、と下品な笑みを浮かべて、のそりと家から出てくる。

「やっちまいましょう、兄貴！」

「男は殺してオンナだけ捕えましょう」

「オンナの相手、兄貴の次はオレだからな?」

ぞろぞろ、と奥から手下らしき男たちが出てきた。

全員で二〇人を超えている。

さっき見えたのはほんの一部だったらしい。

「やるわよ、ジェイ! 誰になんと言われても、私はやるわ!」

「ああ。強制退去のお時間だ。平和的手段はすべて拒否された。存分《ぞんぶん》にやってやれ」

「ええ。人の別荘に汚い足で入り込んで……絶対に許さない!」

盗賊たちは、色街《いろまち》の女を見物しているかのように、フェリクが何か発する度に下卑《げび》た笑い声を上げて鼻の下を伸ばしていた。

「逃げるんなら今のうちだぜぇ?」

「それはこっちのセリフだ」

俺が言うと、大爆笑が巻き起こった。

「たった二人で? オレたち全員を相手に?」

「こりゃいい! 久しぶりにこんなに笑ったぜ!」

盗賊たちは、剣を抜いたり抜かなかったり。俺とフェリクの脅威《きょうい》度はそんなもんなんだろう。

すぐ後ろにいると思っていたキュックは、散歩をしているらしく姿が見えない。

「おーい、キュークック?」

「きゅ」

木陰《こかげ》からキュックが顔を覗かせた。

「ど、ドラゴン………？　こ、こんなところに？　い、いや、そ、そんなはずは」

兄貴と呼ばれた男がごしごし、と目をこする。

俺が手招きすると、ドッドッド、と体を揺らしてやってきた。

「「「や、やっぱりドラゴンだ――――ッッッ!?」」」

俺は駆け寄ってきたキュックに乗り、剣を抜いた。

「もう一度言う。逃げるんなら、今のうちだぞ」

「しゃらくせえ！　舐めやがって！　小型のドラゴンに乗ってるからっていい気になってんじゃねえぞ！」

全員が殺気立ち、武器を構えた。

そのときだった。

そばにいないと思っていたフェリクがいつの間にか離れており、そこから魔法を放っていた。

「ほぎゃぁあ!?」

密集していたので二人に魔法が直撃。炎に包まれた。

「あ、あれ？」

あまりに上手《うま》く不意を衝《つ》きすぎたせいか、フェリクがぽかんとしている。

「い、いいのよね？」

「もちろん。どんどん撃ってくれ」

「オッケー！」

「いきなり何してくれてんだ、テメェ！」

巻き舌《じた》で喚《わめ》くと、殺気立った男たちが迫ってくる。

「キュック」

足でぽんとキュックを蹴《け》ると、翼をはためかせ、その場から浮き上がり屋根より高い高度を取った。

キュックの背びれに掛けていた弓を取り、矢をつがえ一矢放った。

唖然《あぜん》としている棒立ちの人間なんて、的《まと》にしかならない。

俺が放った矢は、狙《ねら》い通り一人の太ももに突き立った。

「うぎゃぁあ!?」

「空からだとぅ!?」

もういっちょ。

続けて放った矢は、混乱する男たちの一人に命中。

また短い悲鳴が上がった。

俺に気を取られたせいで、敵はフェリクの魔法の対処に遅れた。

　直撃を受けた一人が炎上して地面を転げ回った。

「ま、まままっま、待て待て待て待ておまえぇぇぇぇぇぇ！　空からなんて卑怯《ひきょう》だろうがぁぁぁあぁぁ！」

　兄貴と呼ばれた盗賊が喚いている。

「卑怯？　負け犬のセリフにぴったりだな」

　俺はひとり言をつぶやいて、二矢をつがえて撃つ。

　難なく、また男二人に命中した。

「クッソ……剣で――！　剣で勝負しやがれぇぇぇぇぇぇ！」

　狼藉《ろうぜき》を働く盗賊相手に、フェアに戦ってやる義理はないと思うが、仕方ない。

「それが望みなら――行くぞキュック」

「きゅぉぉぉ！」

　バサリと翼を動かしたキュックが急降下していく。

　地面すれすれを這《は》うようにキュックが飛行。

　驚きに目を瞠《みは》る敵の顔が、瞬時に俺の眼前に迫った。

　即座に抜いた剣で敵が握る剣を弾《はじ》き飛ばす。

「ぬおおぉぉお――!?」

　他の手下たちは、兄貴を置いて別荘の中に逃げはじめた。

「オレの剣が、吹っ飛ばされた!?　——て、てめえ、ナニモンだ!?」

すいー、と泳ぐかのようにキュックはまた上空に戻った。

「運び屋だ。子竜を使役している召喚士でもある」

「はぁぁ？　剣も弓も、なんつー腕をしてやがる！　召喚士自身がこんなに強いわけねえだろうが！」

こいつ、文句しか言わないな。

まあ、一般的な召喚士でないことはたしかではあるが。

「ジェイ、私は中に入った男たちをやるわ」

「わかった。気をつけろよ！」

「……徹底的にやってやるわ。あいつもこいつも、全員炭に変えてやるんだから……ッ！」

フェリクは怒らせないようにしよう。

「おまえたちが出ていってくれればいい。それでおまえたちはこれ以上怪我《けが》をしないで済む」

気持ちが完全に折れそうな兄貴に、俺は伝えた。

「どうだ。サインしたくなったか？」

「な、なった！　なったなった！　さ、させてくれぇい！　頼むぅぅ……」

現金な男だ。

だが、こいつらはここを出ていったあと、また別の場所で同じことを繰り返すだろう。

どうしたものか。

俺はキュックに着地してもらい、背中から降りた。

手続き用に紙とペンとインクを準備し、男へと近づく。

サインしたところで、ニナには真偽《しんぎ》をたしかめる術はないだろうが……。

「文字は書けるか？　書けなければ模様でも紋章《もんしょう》でも――」

「なぁんてなッ！」

落ちていた手下の剣を拾い、男が斬《き》りかかってきた。

振り下ろされた斬撃《ざんげき》を鼻先でかわし、すれ違う寸前、俺は一歩踏み込み顎《あご》に拳《こぶし》を叩《たた》きこんだ。

「ぶホォアッ……」

ぐるん、と白目を剥《む》いてその場に倒れた。

「……なんなんだ、こいつ」

俺がため息をつくと、キュックがガブ、と男の頭をくわえた。

「こらこら。お腹《なか》壊すぞ。ぺってして、ぺって」

俺の言うことをきちんと聞いてくれたキュックは、ぺっと男を吐き出した。

そこで男は目を覚ました。

「なんて一撃だ……。体が、言うことを聞かねえ……」

キュックのツバでデロデロになっている男は、起き上がろうとするが、なかなか動けないでいた。

「こんなやつ、殺してもいいが……」

実際キリがない。盗賊に身をやつし悪さを働く者はあとを絶たないし、こいつを見逃しても殺しても、大差はない。

「おい、おまえ。盗賊団の頭領なのか？」

「……ああ」

「人数はあれで全員か？」

「そうだ」

もしかすると、使えるかもしれない。

成功すれば、だが。

召喚獣と契約する方法は二種類ある。

ひとつは、術者の実力に応じてどこからかやってくる内契約。

ふたつ目は、目の前にいる魔物や魔獣と契約する外契約。

キュックは前者だ。

……物は試しだ。やってみるか。

「理を結び、汝《なんじ》とここに契約せん」

俺は召喚魔法を発動させた。

「ん？　んんんんんんんほぉおおお!?」

変な叫び声と同時に頭領の体が光り、それがゆっくりと消えていった。

「何かに縛《しば》られたような感じがしたが、不思議とイヤじゃなかったぜ……何なんだ、今のは」

首をかしげて自分の両手と体を見回す頭領に、俺は命じた。

「戻れ《バック》」

その瞬間、シュン、と頭領が消えた。

「うわ、マジかよ」

俺は頭を抱えた。

むさくるしい盗賊団の頭領を召喚獣として契約してしまった。

物は試しだと思ったけど、本当に成功するとは……。

残念すぎる。

それなら美女とかにすれば。

と思ったが、精神的に屈服させていないと外契約は不可能だという話だ。

俺があの頭領を懲《こ》らしめたため、契約を容易にしたということだろう。

剣や弓や槍《やり》などを使って、冒険者としてそれなりに生活できていたから、こんなふうに召喚獣を増やそうと思ったことはなかった。

召喚獣というか、召喚人というか。

トカゲしか召喚できない俺には召喚士としての腕はないと諦《あきら》めていた。

「キュック、後輩ができたぞ」

「きゅおー」

尻尾《しっぽ》を振って上体を揺らしている。なんとなく、嬉しそうなのが伝わる。

「フェリクは大丈夫なのか……？」

心配になって別荘を見ると、フェリクの声がした。

「吹き飛びなさい――――ッ！」

ドン、ドォォン、という炸裂《さくれつ》音と同時に、濁った悲鳴が聞こえてきた。

よろしくやっているらしい。

召喚契約が結べたのなら、あいつは俺の言うことを聞いてくれるはずだ。

「召喚《サモン》」

光に包まれた小汚い男が姿を現した。

……テンション上がらないな。がっかりするというか……。

「っは!?　オレ様は一体何を……？」

頭領はきょろきょろ、と周囲を見回している。

バックヤードにいる間の記憶というのはなくなるらしい。

「頭領、名前を聞いていなかったな。俺はジェイ・ステルダムだ」

「オレ様ぁ、ヴィンセントという。ジェイのお頭」

お頭って……。盗賊気質は抜けないみたいだな。

「ヴィンセント……似合わないな。ビンと呼んでいいか」

「好きに呼んでくれ」

召喚契約のおかげか、さっきまでギャースカ文句を言いまくっていたビンは、俺の要望はほぼ受け入れてくれた。

「部下をまとめて集合させてくれ」

「了解したぜ」

そう言うと、別荘の中へ入るビン。

キュックを召喚したときよりもビンのほうが格段に魔力消費が少ない。

召喚魔法は、魔力を使い使役する存在を呼び出す魔法だ。

トカゲ時代のキュックは、召喚コストもほぼなく、魔力消費がないため常《つね》に召喚状態のままでいられた。そして今は、飛行に魔力を消費するようだった。

ビンもトカゲキュックと同じで、非常に少ない魔力消費で長時間活動させられるのでは――。

「おい、お嬢ちゃん、ちょっと待て！　待てったら！」

ビンの慌《あわ》てたような声がすると、すぐにフェリクの声が聞こえた。

「あんたたちの言い分なんて聞くもんですかっ！　塵《ちり》と化せぇぇぇぇぇぇぇ――――！」

あ、まずい。

ドォォオン、とひと際大きな轟音《ごうおん》がすると、窓から炎と煙が吹き出した。

「……」

ビンの反応が消えた。

そろそろ戦闘ジャンキーとなっているフェリクを止めないと。

あのままじゃ、別荘ごと燃やしてしまいそうだ。

「おい、フェリク。落ち着け」

廊下にいたフェリクを見つけると、俺は声をかけた。

フェリクは肩で息をしながら、闘志のようなものを全身から溢《あふ》れさせている。

「ジェイ」

「もういい。もう大丈夫だ」

ぽんぽん、と肩を叩いて俺はフェリクを労《ねぎら》った。

ぷすぷす、としっかりローストされたビンが廊下に転がっている。

白目を剥いていて、もうこれは完全に死んでるんじゃないか？

キュックがこんなふうになったことがないから経験はないが……。

召喚獣は魔力の再注入で回復が可能……という噂《うわさ》を聞いたことがある。

もちろん、可能な範囲も程度があるという。

　ビンは大した魔力を必要としないだろう。手をかざして魔力を注いでみると、体がふわりと光り、元の姿に戻った。

「っは!?　お頭？　オレ様は、一体何を……」

「フェリクの魔法で燃やされただけだ。気にするな。部下をまとめて外に整列させてくれ」

「そ、そうだった。お頭の大事な指示を忘れるところだったぜ……！」

　死の直前の記憶はなくなっているようだった。

「おい、てめぇら！　戦いはしまいだ！　外に出やがれ！」

　ビンが声をかけると、手下たちがぞろぞろと集まり外へ出ていく。

「すごい従順じゃない。一体どうしたの？　タチ悪そうな男なのに」

「いや、それが……試しに召喚魔法を使ってみたら、契約してしまった」

「え。趣味悪」

　フェリクがドン引きしていた。

「俺だってこんなことになるんなら、もっと可愛《かわい》い魔物とか強い魔物と契約したかったよ」

　苦笑しながら俺は首をすくめた。

　ビジュアルはあんなのだが、もしかすると、召喚獣としてのメリットがあるかもしれない。

「お頭、揃《そろ》いやしたぜ！」

　ビンが俺を呼んでいる。まず部下たちに事情を説明してやらないと。

俺が玄関から出ると、ビンの前に手下たちは綺麗《きれい》に整列していた。

「おまえたちの頭領は、俺の召喚獣になった。……簡単に言うと主従契約を結んだんだ。気に入らないと思う者は立ち去ってくれ。追いかけて攻撃したり連れ戻したりするつもりはない」

衝撃的な発言が続いたせいか、手下の二〇人ほどは顔を見合わせている。

予想に反して全員がここに残った。

「オレぁ、兄貴の下《もと》を離れて生きていけると思わねえ……」

「ああ。オレもだぜ……」

ビンは案外人望があるようで、手下たちの拠《よ》り所になっているらしかった。

それならそれでいい。

俺は思っていることを伝えた。

「おまえたちに仕事をさせる。きちんとできれば、衣食住を約束する」

ビンを含めて、おぉ、と歓声《かんせい》にも似たどよめきが上がった。

「フェリク、何かこいつらにやってもらいたいことは」

「あるわ。別荘がめちゃくちゃだから、きちんと掃除をしてほしい」

「……というわけで、掃除を頼む」

俺はビンと部下たちに伝えた。

「やるぜ、野郎ども！」

「「「うぉぉぉぉ！」」」

反対も文句も出なかった。

こいつらが求めていたものは、安全に過ごせる家と食料だったんだろう。

怪我人には、持参していたポーションを飲ませ、安静にしてもらうことにした。

「フェリク。あいつらに家をあげたいんだが、どこかないか」

「それなら、別荘の本邸から離れた場所に使用人用の家が一軒あるわ。古い建物だけれど、二〇人程度なら問題なく暮らせると思う」

「そこを使わせてもいいか？」

「ええ。構わないわ」

言うと、フェリクが小さく笑った。

「あなたって、盗賊にも優しいのね」

「優しいつもりはない。ただ、好きで盗賊になる人間はいないだろう。安定した食料と住む場所を提供すれば、そんなことをしないで済むわけだし」

フェリクの了承も得たし、近所で暮らすことになるが、別荘自体から追い出したからニナにも報告できるだろう。

「それで……その盗賊を使用人扱いにして周辺に住まわせることにしましたの？」

きょとん、とニナは首をかしげる。

ビンに書かせたサインを渡し報酬《ほうしゅう》を受け取ったあと、俺とフェリクは経緯《いきさつ》を説明した。

「お姉さまは、それでよろしいのですか？」

「ええ。追い払うだけだと、また別の魔物や盗賊たちが住み着いてしまうだろうし、それくらいなら誰かが近くにいてくれるほうが助かるわ」

ビンには、別荘の掃除と、荒れ果てた庭を拓《ひら》いて畑にするように伝えている。

朝飯前《あさめしまえ》だったらしく、手下たちは手際よく農作業を開始した。

元々武器を持つよりも農具を持つほうが長かった者が大半だったらしく、慣れた様子だった。

手紙一枚で追い払えると思っていたニナには、思ってもみない話だったらしく、トンチの利《き》いた小話を聞いているかのように、興味津々《しんしん》だった。

「ですが……その頭領の男は、また悪さをするのではありませんこと？」

「それは、俺と召喚契約を結んだから大丈夫だと思う。俺の言うことには逆らえないようになっているから」

あんなのと契約することになろうとはな。

けど、あれはあれで使いでがありそうだ。

「召喚、契約……？　ジェイ様は召喚士様でございますの？」

「一応な」

「わたくし、高名な武芸者だとばかり……」

「召喚魔法の能力が低かったから、武芸を鍛《きた》えるしかなかったんだ」

「召喚獣並みに戦える召喚士というのは、ジェイ様以外に聞いたことがありませんわ……！」

普通の召喚士は、戦う必要がないからな。

ニナが尊敬の眼差《まなざ》しを向けてくる。

冒険者として上手くやっていくにはこうするしかなかっただけだから、あまり胸を張れたものではないと俺は思っている。

また何かあればよろしく、と伝えて俺はニナのもとをあとにした。

「農作業が得意な盗賊っていうのも、おかしな話よね」

城下町を歩いていると、フェリクがくすっと笑った。

「武芸を学んでいるやつが盗賊になるほうが少数だからな。どこかの軍隊から脱走してきたなら別だけど」

そうだ。ビンたちの食料がないままだ。

けどどれくらいの量が必要なのかわからない。

「戻れ《バック》」

これで、今あの別荘らへんにいるビンが消える。

「召喚《サモン》」

言うと、ビンが光とともに姿を現した。

似合わない演出に笑いそうになる。

「あ。お頭！　何かご用で？」

「手下たちの食料を買い付ける。ただ、どれくらい必要なのかわからない」

「わかりやした。お頭、何から何まで面倒《めんどう》を見てくださって、ありがとうございます」

「いいよ。そんなの」

仕事をこなしているおかげで懐《ふところ》には余裕がある。

「野菜や植物の種《たね》も買おう」

「へい」

市場にやってきて、食料や種や苗の買い付けをしていく。

そこで、食料店の店主が眉《まゆ》をひそめた。

「だ、旦那《だんな》、その隣の黒髭《くろひげ》の男は――まさか、黒狼《こくろう》のヴィンセントじゃあ⁉」

なんだそれ。

「ビン、そんな呼ばれ方をしてるのか？」

「ええ。まあ、はい。そう呼ぶやつも、いるっちゃ、いますねぇ」

得意げな顔をするビン。

ファンに見つかった有名人みたいな顔すんなよ。

「しょ、賞金首ですよ、旦那。この男。冒険者ギルドか警備の騎士に突き出せば——」

「え。賞金首なのか」

「ええ。一五〇万でさぁ」

凶悪犯なんだな、ビンは。

「大丈夫ですよ、店主。僕が召喚契約をしているので、勝手なことはもうできません。……死なない限り人のために働かせまくるので、過去のことは忘れてやってください」

「そ、そうですか……？」

不安そうな店主とは違い、ビンは感銘《かんめい》を受けたように首を振っている。

「ったくぅ……お頭の志《こころざし》は天よりも高いぜぇ……」

擦《す》り切れても働いてもらうって言ったんだけど、意味わかってなさそうだな？

「そんなすごい盗賊だったのね、ビンは。何をしてきたのよ？」

「そりゃあ、お嬢さん、お宝を盗んでましたぜ」

盗賊って呼ばれるくらいだからな。

「険しい山や深い森……洞窟《どうくつ》の奥深くに仲間たちと向かって」

「ほぼ冒険者だな」

「横取りされたと喚くやつらがいて、襲《おそ》ってくるから撃退していただけなんでさぁ」

「それで賞金首に？」

「へい」

横取りなんて別に珍《めずら》しくもなんともない。とくにダンジョンと呼ばれる危険地帯では、誰でもやるし、誰でもやられていることだ。

ビンたちは、悪い盗賊ってわけではないらしい。

俺は店主に料金を支払った。あとでキュックに運んでもらおう。

「ということは、賞金を狙ってビンを襲う人間がいるってことよね」

「そういう場合は、冒険者ギルドだ」

不思議そうにしているフェリクとビンを連れて、俺は冒険者ギルドへ向かった。

中に入ると、ビンはかなり注目を集めた。

「おい――あいつって賞金首の黒狼だろ」

「トカゲの召喚士と一緒だぜ？」

「トカゲの野郎が捕まえたのか!?」

さざ波のように俺たちを中心に会話が広がっていく。

疑問に答えることはせず、俺は空いているカウンターに向かった。

「ステルダム様。ご無沙汰《ぶさた》しております。今日はどのようなご用件でしょう？」

何度か見たことのある受付嬢が応対してくれた。

「この男は賞金首みたいですね」

「はい。さようでございます。――今すぐ懸賞金の準備を」

「いえ。違うんです。召喚契約をしたので、もう勝手なことはできませんから、懸賞金の解除をお願いします」

「へ？」

受付嬢の目が丸くなった。

「しょ、召喚契約？　この、男と？　……それで、懸賞金の解除を？」

「はい」

「黒狼は、かなりの腕自慢で、剣を持たせたら一騎当千《いっきとうせん》とすら言われる男なのですが――それを殺さず、屈服させた、と？」

「この通りです。――な？」

「へい」

ギルド内のざわつきが一層大きくなった。

「あの黒狼を？　返り討《う》ちにあったやつらは数知れねぇんだぞ」

「宝物の番人って異名《いみょう》すらあるんだ。それを、トカゲの野郎が？」

「どんな手品を使いやがったんだ」

戦って打ちのめしたとしか言えないが、きっと信じてもらえないだろう。

「かしこまりました。一度上席と相談いたします。少々お待ちください」

受付嬢が踵《きびす》を返し、奥の事務室のほうへ消えた。

「ビンってば、強かったの？」

「お嬢さん、オレ様を侮《あなど》ってもらっちゃ困りますぜ」

「一騎当千か……、俺には一瞬で剣を弾き飛ばされたのにな」

「いやいや、お頭が異常なだけです」

俺たちが話していると、さっきの受付嬢が五〇代後半くらいの丸眼鏡《めがね》の男を連れて戻ってきた。

「ステルダム様。いつも弊《へい》ギルドのご利用、誠にありがとうございます。わたくし、こちらのギルドを預かっております、支店長でございます」

「支店長？　あの人が？」

「何年もここで活動しているが、はじめて見たぜ……」

「支店長が直接？」

「トカゲの野郎、一体何を？」

支店長が現れたことで、周囲の冒険者たちがざわついている。

俺たちの会話は全部ではなく、途切れ途切れに聞こえているようだった。

支店長が握手を求めてきたので、俺はそれに応じた。

「こちらこそ、いつもお世話になっております」

「部下から用件を伺《うかが》いました。これまでのご功績とステルダム様のお人柄を考慮いたしまして、特別に、ご要望を承《うけたまわ》りたく存じます」

「よかったです。ありがとうございます」

「いえ。今後とも、何卒《なにとぞ》ご贔屓《ひいき》にしていただければ幸いです」

恭《うやうや》しく一礼をして、支店長の男は去っていった。

ということで、ビンの懸賞金が解除された。

「よかったな、ビン。これで安心して暮らせるぞ」

「ジェイのお頭……あれこれ手を尽くしてもらって、オレ様ぁ、どう恩を返したらいいか……」

半泣きのビンの肩をぽんぽんと叩いてやった。

粗野な口調で品がなく小汚い男だけど、悪いやつではないのがわかってよかった。

「ジェイってすごいのね……。支店長が出てきて特別に言うことを聞いてもらえるんだもの」

「ただ単に、ここで長くやってたってだけだろう」

と、俺は他人事《ひとごと》のように言った。

〈第8章〉 友人

「君が噂《うわさ》の男かね？」

小太りの五〇代くらいの男が、俺に尋《たず》ねた。

ここは王城内にある軍施設の会議所。

男は尊大な態度で椅子《いす》に座り、値踏《ねぶ》みするような目でこちらを眺《なが》めている。

「何の噂かわかりませんので、お答えできかねます」

「口答えはいい。運び屋をやっているのは君だろう」

男は苛立《いらだ》ったように言った。

最初からそう訊《き》いてくれれば、俺だってすぐにそうだと答えたのに。

「はい。そうです。ジェイ・ステルダムといいます」

「うむ。よろしい。私は王国軍中佐のマーブルだ」

「ご依頼でしょうか」

「でなければここへ君を呼び出したりなどしない」

なんというか、この人とは波長が合わないな、と俺はなんとなく思った。

ビンの召喚獣としての性能を確認していると、いくつか面白《おもしろ》いことがわかった。

今日も気になったことを試そうとしていたところ、この中佐に遣《つか》わされた軍人にここまで連れてこられたのだ。

「運んでほしいものがある」

だろうな。

うなずくと、中佐は壁に貼《は》られた地図を棒で差しながら魔王軍との戦況を教えてくれた。

「対魔王軍は七カ国からなる連合軍で構成されている。知っているかね？　我がグランイルド王国軍は東部を担当しており、振り分けとしては第四～第七軍団で――現在フラビス城塞《じょうさい》を攻略中なのだが……犠牲《ぎせい》者を出すばかりで上手《うま》くいっていない」

説明が長くてあくびが出そうになった。

「何を運ぶのでしょう？　報酬次第《ほうしゅうしだい》で何でも運びますが、そもそも運べない物もありますので」

あまりに重すぎる物はキュックには無理だ。

運べるのは、背中に載《の》せられる物、もしくは爪《つめ》に引っかけられる物、引っかけたあと飛行できる物。

大雑把《おおざっぱ》に言うとこの三点。

「人間を……部下を一人、フラビス城塞まで頼みたい」

「部下を？」

そんなところへ一人だけ送ってどうする気なんだ。

攻略中っていうことは、その城塞は敵だらけってことだろ？

「おい」と中佐が声を上げると、軍服の男性が一人中に入ってきた。

俺と年が近そうな二〇代半《なか》ばくらいに見える。

「彼がその部下である、スウェイ曹長《そうちょう》だ」

紹介された男性は小さく頭を下げた。

「スウェイです。軍でも話題の竜騎士様とご一緒できることを光栄に思います」

「いやいや、まだ運ぶとは……」

俺が続けようとすると、中佐が遮《さえぎ》った。

「現在も、フラビス城塞攻略戦では多くの将兵が血を流している。曹長を城塞に送り届けることができさえすれば、戦況は一気にこちらへ傾く」

なんでそんな断言できるんだ。

スウェイ曹長は、最強の魔法使いか何かなのか？

ちらりと目をやってみるが、そういった雰囲気《ふんいき》はない。

どこにでもいるような下士官《かしかん》の軍人といった様子だ。

「報酬は前払いで二〇〇万。完了報告で八〇〇万。どうだ、破格だろう？」

合わせて一〇〇〇万。

確かに破格。破格も破格。

俺はスウェイ曹長とキュックに乗って城塞まで飛んで、彼を降ろして去ればいい。

たったそれだけの簡単な仕事だ。

「完了報告というのは、どうすればよろしいですか？」

「戦果をもって完了報告とさせてもらう」

戦果、ねえ……。

中佐は、よっぽどスウェイ曹長の能力に信用を置いているらしい。

武芸の心得《こころえ》はありそうだが、作戦に抜擢《ばってき》されるほど強そうには見えない。

魔法の素養がもしあれば、すでに前線へ駆り出されているはず。

工作員……？

もしくは暗殺者か？

「スウェイ曹長が、もし期待されるような戦果を上げなかった場合は……」

手紙を最前線に届けたときのことが脳裏《のうり》をよぎった。

中佐は簡単に首を振る。

「もしもの場合は、曹長は残念なことになるであろう。しかしこれも戦《いくさ》。致し方のないことだ」

それを語っていいのは前線の兵士と将校だろう。

ここでぬくぬく生活しているだけのあんたに何がわかる。

「だが、送り届けた君には、二〇〇万を前払いしている。損《そん》ではないだろう」

「……やっぱり合わないな、この人」

聞こえないようにぼそっと言って、俺は頭をかいた。

「必ずやこのスウェイが戦果を上げてみせます」

「うむ。その意気やよし。頼むぞ、曹長」

べしべし、と中佐はスウェイ曹長の腰のあたりを叩《たた》く。

引き受けるって正式に言っていないのに、もう俺が引き受けるものだと思っているな。

詳細《しょうさい》はわからないが、スウェイ曹長を送り届けたら、苦戦している攻略戦が終わるというのなら――たったそれだけでいいのなら――。

「わかりました。引き受けます」

お金に目がくらんだわけじゃない。

ただ、俺ができることで傷つき倒れる兵士が少しでも減ったらいいと思っただけだ。

「前金は後日届けさせよう。当日の詳《くわ》しいことは曹長と打ち合わせしたまえ」

中佐は満足そうに会議所を出ていった。

残った俺たちは、改めて自己紹介をした。

そこで、俺とスウェイ曹長の年齢は同じであることがわかった。

「竜騎士様も二五歳で僕と同い年なんて奇遇《きぐう》ですね」

「その竜騎士様というのはやめてください。ジェイでいいですよ」

「では、敬語もやめましょうか。僕もスウェイでいいよ」

ようやく俺たちは座り、作戦の概要《がいよう》をスウェイから聞いた。

「ジェイは、中佐から説明があったように、フラビス城塞まで僕を送り届けてほしい。日時は四日後の深夜」

「なあ、スウェイ。こんなことを言うのは間違っているかもしれないが……失敗したら」

「もう迷いはないよ」

そう言い切ったスウェイの目には確かな覚悟を感じた。

「わかった。話の間ずっと疑問だったんだが、どうやってその戦果ってやつを上げるんだ？」

「すまないが、機密事項だ。ジェイはただ僕を送って帰るだけでいい」

そういうものなのか。

あんなに中佐が自信満々なわけを知りたかったが、そう言われてしまえば仕方ない。

俺はただの運び屋。

仕事をするだけだ。

スウェイを送る作戦日までまだ数日あるので、俺はビンたちの様子を見るべくフェリクと別荘を訪れていた。

「はぁ〜〜。綺麗《きれい》になってるー！」

フェリクが別荘を見て声を上げた。

寂《さび》れていた別荘は、元の姿を取り戻したかのように、清潔感が溢《あふ》れている。

「あ、お頭《かしら》！」

俺たちを見つけたビンが小走りで駆けてきた。

ビンはトカゲキュックと同じで、召喚し続けても魔力消費は微々たるものだった。

「上手くやっているみたいだな」

「そいつぁ、もう、お頭のご用命とあらば、何でもやりますぜ」

へへへ、とビンは笑う。

それから、ビンは手下とやっていることを教えてくれた。

フェリクが許可を出したので、庭の他にも広大な敷地の一部を畑にしようとしているという。

切り出された大木が何本もあり、それが立っていたであろう場所では、ビンの手下が開墾《かいこん》作業をしていた。

「お頭が麦や野菜の種《たね》を買ってくれたでしょう？　あれを全部植えて、自給自足できるようにしようかと」

「そんなことができるのか。盗賊団のくせに」

「ま、元々そっちのほうが本職のやつらが多いんでさぁ」

そうだろうなと思ったが、本当にそうだった。

「そんで余った作物は、離れた場所にある貴族の別荘まで行って売るつもりです。ほどよい労働と十分な飯《めし》と睡眠……あいつら、イキイキしてますぜ」

思った以上にビンに感謝されていた。

別荘の中も綺麗になっていて、フェリクは大満足といった様子だった。

「この見栄《みば》えなら、お客様を招待しても恥《は》ずかしくないわ」

「だろう?」

と、ビンは得意げだった。

「視察も終わったし、さっそくやるか」

「それもそうね」

「お頭、何の話です」

「フェリクが新魔法を試したいって言うから、迷惑にならなそうなここまで来たんだよ」

どちらかというと、視察はついでだった。

単独で冒険を繰り返すうちに、フェリクは成長をした。……らしい。

「フレイムショット」

フェリクは得意魔法でもある初級魔法を放つ。

ゴォォウ！

火炎の弾が飛んでいった。

「弾速が速くなった。弾自体も、大きくなったな」

「わ、わかるぅー？」

フェリクは嬉《うれ》しそうにこっちを向く。

「特訓したのよ。かわされないようにするために弾速は必要だし、一人だとフォローしてくれる人がいないから、仕留《しと》め切るっていうのも大切なのよね。だから、私なりに研究して威力《いりょく》を上げたの」

早口で説明すると、ドヤ顔を見せた。

「単独で戦うコツをよく理解しているな」

俺も戦闘のあるクエストをするときは、それを念頭に置いている。

直撃させること、直撃させたら倒し切ること。

単独での冒険の場合、フォローしてくれる者は誰もいない。

文字通り攻撃こそ最大の防御《ぼうぎょ》だった。

「フェリクの嬢ちゃんは努力家なんだな」

「ふっふっふ……まあね」

フェリクの鼻がどんどん伸びているのがわかる。

「あそこまでの魔法だと、オレ様も斬《き》ることは難しいな」

「ビンにそんな芸当ができるの？」

「ああ。斬るっつーか、剣圧で吹き飛ばすっていうのが正確かもしれねぇが。ね、お頭」

ビンが同意を求めてくるので、うなずいておいた。

「そうだな。魔法的な効力の何かを発動させて相殺するわけでもないし、完全に物理的に消すには、剣速とそれに伴《ともな》う剣圧が必要になる」

ビンが斬ってみたいと言うので、フェリクにフレイムショットを撃ってもらった。

「フレイムショット！」

「こんんんんの一撃でぇぇ消し飛べッ！　オォォォォオオオラアアアアアア！」

ビンが剣撃を火炎弾に放つ。

スカ。

ドォォオン、と魔法が直撃。

大炎上した。

「あぎゃぁあああああああああ!?　死ぬ、死ぬ、あつ、あついいいいいいい——あ、あ、……あ……………」

じたばたしていたビンが動かなくなった。まだ轟々《ごうごう》と燃え盛る炎が体中を覆《おお》っていた。

「ね、ねえ!?　もしかして、本当に死んじゃったんじゃ……!?」

あわわわわ、とフェリクが慌《あわ》てている。

「まだ大丈夫だと思う、あいつもそれを知ってて試したいって言った可能性がある」

俺は黒焦《くろこ》げになったビンに魔力を送る。

すると、状態がどんどん元に戻っていった。

……ビンは便利だな。

「つはぁぁ……!?　さっき魔法で燃《あせ》やされたような……?」

悪夢から目覚めたように、ビンは汗だくだった。服も召喚獣の範囲に入るらしく、こちらも再生されていた。

キュックが俺の言うことを理解してくれるのと同じで、ビンとは離れていても簡単な意思疎《そ》通《つう》ができることがわかっている。

召喚しっぱなしでも俺への影響は極小。

召喚獣本来の力としては大したことはないが、これはこれでかなり使い勝手がいい。

「それじゃ、新魔法をやってみせてくれ」

「ええ」

ふう、とフェリクが静かに息を吐き出す。

足下に赤い魔法陣が展開されると、魔力の波動を感じた。

「いくわ！　レッドサークル！」

ん。中級の火炎魔法か。

フェリクが指定したであろう地面が赤く染まり、火柱がそこから噴《ふ》き上がった。

「これは、たしか広範囲に攻撃できる魔法だったな」

だが、まだまだ範囲は狭く、今のところ人間なら一人か二人がせいぜいだった。

「うぐぐ……。そ、そうよ。まだまだだけれど、成功したのだから褒《ほ》めて！」

むう、と機嫌を悪くするフェリク。

「フェリクの嬢ちゃん、どんどん成長していってるな。オレ様ぁ、びっくりだぜ」

「……」

ビンがいい笑顔で要求通り褒めたのに、まるで無反応だった。

「完成度はまだまだだが、実戦で使える魔法に数えてもいいだろう」

「うんうん、それで？」

まだフェリクは褒め言葉を欲しがっているようだった。

「……あまり調子に乗るな」

人差し指でおでこを小突《こづ》いた。

「あいた」

「見てみろ。気を抜いているから変なところに火が燃え移っている」

フェリクが発動させたレッドサークルの炎が枯草に燃え移っていた。

「えっ――？　うきゃぁぁぁあ!?」

子猿《こざる》のような悲鳴を上げたフェリクがおろおろしている。

「こりゃマズい！　一帯が大火事になっちまう！」

ビンも慌てて火を消そうと井戸のほうへ走っていった。

「どどどどど、ど、どうしましょうっ!?　わ、私もお水を汲《く》みにっ！」

ビンが手下を連れて水の入った桶《おけ》を持って戻ってくるところだった。

俺は剣を抜き、散歩するような足取りで、あっという間に燃え広がった炎へ近寄っていく。

腰を落とし横に全力で剣を払う――。

静寂《せいじゃく》ののち、風が逆巻き暴風となり炎を一瞬で吹き飛ばした。

「うぉぉぉぉぉおおお!?　お頭が、火ををを!?　なんちゅー荒業《あらわざ》!?」

目玉がこぼれんばかりにビンは驚き、フェリクはぺたりと座り込んだ。

「あんなに燃え広がった火を、剣の、しかもたった一撃でかき消した……。そ、そんなこともできるの……？」

「瞬時に爆風に近い圧力の剣を放てるのであれば、できるぞ」

「いやいや、それが誰もできないのよ……」

「理屈がそうだったとしても、できるやつなんていねえぜ、お頭……」

「魔力消費のないディスペルみたいなものよね、もう……」

「ああ。本当は魔法を使っているって言われても、オレ様ぁ信じるぜ……」

二人は畏怖《いふ》と呆《あき》れが混ざったような目で俺を見ていた。


依頼日の夜。

城内の外れにある兵舎を訪ねると、すでに準備を整えていたスウェイが出迎えてくれた。

キュックを前にしたスウェイは、見上げながらぽつりとこぼした。

「これがあの噂のドラゴン……」

「触ってもいい?」

「ああ。多少雑に扱っても傷ひとつつかないんだ」

「すごい……」

そっとキュックの鱗《うろこ》に触れて、ゆっくりと撫《な》でるスウェイ。

銀の鱗は、月夜の淡い光すら反射しているようで体が輝いて見える。

「今日はよろしく」

スウェイが声をかけてもキュックに反応はない。

依頼の前金は、今日の昼間に届いた。

以前俺を呼びに来た軍人が持ってきてくれたのだ。

「曹長ぉー、こんな時間にお出かけか？」

声がするほうに目をやると、兵士らしき男が三人いた。

三人とも酒を飲んでいるらしく、呂律《ろれつ》が怪《あや》しい。

「ああ、うん……」

スウェイはぎこちない笑みを浮かべて応じた。

近くにドラゴンもいるが、視界に入らないのか、それともそうだと認識できないほど酔っているのか。

「軍のお偉いさんは何考えてんだかな。ナメクジ野郎が昇格だなんてよぅ」

別の一人が言うと、他の二人は嘲笑《ちょうしょう》を浮かべた。

「昇格？」

「うん。今回の作戦で、曹長に」

なるほど。

スウェイは知り合いらしいあいつらと以前までは同じ階級だったんだろう。

男たちは何かぼそぼそとしゃべり、笑い声を上げている。

視線がこっちに向くので、おそらくスウェイのことを笑っているんだろう。

立場が弱い者を見つけると群がって言いたい放題言う……俺がよく知っているろくでもない

人種だ。

「行こう」

俺はスウェイを促《うなが》し、キュックに乗ってフラビス城塞を目指す。

元々は隣国との境にある拠点《きょてん》だったが、その国も今は亡く、代わりに魔王軍が占拠《せんきょ》しているという状況だった。

「戦果っていうのは、どれくらいのものなんだ？　前金ももらったし、そろそろ教えてくれたっていいだろ。同い年のよしみで」

「じゃあ、少しだけなら」

そう前置きしてスウェイは続けた。

「対魔王軍の兵器の開発に成功したんだ。それを使えば城塞を落とすことができる」

「その兵器ってやつはどこに？」

スウェイは懐《ふところ》のあたりを指差した。

何かを忍ばせているっていうのは、今日姿を見たときからわかっていたが、それがそうらしい。

しかし、ずいぶんと小さいな。

城門や城壁を派手《はで》に破壊するような、大型の攻城兵器ってわけではなさそうだ。

背負っている鞄《かばん》には食料を入れているとスウェイは言った。

「今日この日をずいぶんと待ちわびたんだ」

夜空を見上げながら、スウェイは唐突《とうとつ》に言う。

「成功すれば、何かいい思いができるとか？」

失敗すれば死ぬ。

中佐は遠回しにそう言っていた。

もしくは、危険な任務に選ばれた時点で、法外な報酬を得られたのかもしれない。

「いい思いは、どうだろう。ただ、僕の気分がスッとする」

「まあ、魔王軍をやっつけるわけだからな」

その兵器とやらが、どれほどのものなのか。

いずれにせよ、スウェイにとってかなり危険であることに変わりはない。

「スウェイのおかげでかなり儲《もう》かった。今度二番通りの食堂に来てくれよ。あそこ値段の割に美味《うま》いんだ。飯も酒も奢《おご》るぞ」

「いいね。それ」

「だから、帰ってこいよ」

「ありがとう。ジェイ。君みたいな人が、僕のそばにいてくれたら……………もっと出会うのが早かったら、友達になれたかな」

……恥ずかしいことを言うやつだな。

生死をかけた戦地に向かうわけだから、感傷的になるのかもしれない。

「どうかな」

「なんだよ、それ」

「でも……あの食堂が美味いと思えるなら、呑《の》み仲間にはなれると思う」

「口に合うといいけど」

「合うよ、きっと」

月光のおかげで遠目からでも城塞がはっきりと見えた。

山の中腹あたりにあり、背後は絶壁で守られている。

麓《ふもと》のあたりには、山を縁取《ふちど》るように大きな川が流れている。

地図では、あの川が国境になっていた。

川を渡ったあとは山登り。犠牲を出すわけだ。

あの城塞を落とさない限り、常《つね》に魔王軍があそこから襲来《しゅうらい》して国を脅《おど》かすことになる。

連合軍、とくにグランイルド王国からすれば、喉元《のどもと》に突きつけられた刃《やいば》のような拠点だった。

ばさり、ばさり、と翼を動かしていたキュックが、音が出ないようゆっくりと羽ばたく。

城壁の上にはいくつもかがり火が焚《た》かれていた。

正面から行けばすぐに見つかるだろう。

高度を上げて迂回《うかい》し、背後の絶壁のほうから城塞へ近づくことにした。

「スウェイ、迎えは？」

「来てくれるの？」

「報酬次第で何でも運ぶ運び屋だからな」

「気持ちは嬉しいけど、大丈夫だよ」

崖《がけ》の上に着地すると、俺は城塞に目を凝《こ》らす。

こんなところから敵が降りてくるとは思っていないのか、城塞正面はかなり警戒《けいかい》度が高いのに対し、背部はぽつぽつと明かりが見える程度。見張りもほとんどいないようだった。

「こっちからで正解だったな」

あとはここから見つからないようにキュックで静かに降下して、スウェイを降ろす。それでおしまいだ。

「ありがとう、ジェイ」

「あとちょっとだ。まだ終わってない」

「ここまで来れたらもう大丈夫だよ」

「大丈夫じゃないだろ、まだ」

「これで、あいつらに復讐《ふくしゅう》するときがきたんだ――！」

キュックから降りていたスウェイは、うっとりするような口調で、懐から取り出した瓶《びん》を眺めている。

その中には液体が入っていた。

あれが、兵器、なのか？

「その位置だと見つかる。キュックの背中に戻れスウェイ！」

「すべて持ち出したんだ。これがあれば僕は――」

スウェイは瓶を開けて中身を飲む。

踊るような軽い足取りで、そのまま崖の下へ落ちていった。

「スウェイ――ッ！」

崖を覗《のぞ》くと、スウェイの体が光っていた。

人間の体格ではあり得ないほど体が膨張《ぼうちょう》し、骨が筋肉が皮が光の中で再構成されていった。

『その兵器ってやつはどこに？』

そう訊いたときのあれは、懐を指差したんじゃなくて――。

兵器って、おい、まさか――。

ドゴォン、と激しい音を立てて、ソレは城塞の背部に降り立った。

闇《やみ》を吸い上げたかのような真っ黒の肌《はだ》に、血走った赤い目。

「グルォォォォォォォオオオオオ――ッ！」

巨大な魔物オーガが咆哮《ほうこう》を上げた。

だから詳細を伏せていたのか――！

変貌《へんぼう》したスウェイの姿は、魔物オーガそのものだった。

だが、俺が知っているそれよりもサイズがデカい……！

筋骨隆々《きんこつりゅうりゅう》とした体格に城塞の壁と同じくらいの背丈《せたけ》をしている。

殴ればそれだけで壁を崩《くず》せるだろう。

城塞が騒がしくなり、かがり火を持った兵士が動いているのがわかった。

大して強くもない、特別に昇格させただけの兵士に、謎の新薬を持たせて城塞で使わせる——。

今にして思えば、成功したら何がしたいかスウェイは語らなかった。

だから、きっと。

スウェイは元に戻らないんだろう。

それか、手段を知っていても戻るつもりがないのか。

「そういうことかよ」

スウェイがここで暴れると、前線の部隊に間違いなく伝わる。

もしくはそういう段取りで攻撃準備を整えているのかもしれない。

化け物になったスウェイを犠牲にして。それだけで連合軍側は楽に城塞を落とせる。

「クソ」

道理で報酬が高いわけだ。

スウェイは復讐だと移動中口にしていた。

魔王軍を好ましく思っている者のほうが少ないだろうが、その復讐を見届けてやろう。

こうなることを覚悟しての作戦参加だっただろうし。

スウェイが歩くたびに、地響きが崖の上にいる俺のところまで伝わる。

しゃがむと、何かを拾った。

「……あれは」

スウェイが持っていた鞄だ。

オーガ化した今では爪先《つまさき》ほどに小さいものだった。

それをスウェイは城壁の上に置く。かがり火のいくつかが鞄を置いた場所に集まっていく。

……様子がおかしい。

城壁の上にいる見張りの兵士なんて一掃《いっそう》できるのに。

蹴《け》り上げれば城壁なんて容易《たやす》く壊せるだろうに。

スウェイは何もしないし、敵兵もスウェイに何もしない。

出発前に絡んできた酔っ払い三人とスウェイの反応が脳裏をよぎる。

……嫌な予想が浮かんだ。

おい。おいおいおいおい。

復讐って、もしかしてそっちか？　そっちに対してなのか――？

スウェイの咆哮が攻略作戦開始の合図だったようだ。

城壁のはるか向こうでは、月光を浴びた連合軍の部隊が、城塞へ移動を開始しているのが見えた。

◆スウェイ

バカにされ、殴られ、足蹴《あしげ》にされる日々だった。

親もなく兄弟もいないスウェイが、衣食住を求めて入った軍では、毎日辛《つら》いイジメが待っていた。

冒険者になろうと思ったこともあったが、武器を上手く扱うこともできず、魔法の才能もまるでなかったスウェイは、最初から冒険者は選択肢《し》に入れていなかった。

悪さで金を稼ぐ度胸《どきょう》もなく、野盗のような真似《まね》をする勇気もなかった。

他でどう暮らしていけばいいのか、糧《かて》を得ればいいのかもわからず、軍を抜けることもできなかった。

殴られず蹴られなかった日は、とてもいい一日。
食事がないのは、普通の一日。
同室の三人が嫌がらせをしてくる日は、最悪の一日。
事故を装って殺してやろうと思ったが、殺せても一人が限界。
もっと多くを殺せることはできないのか。
人間なんて滅べばいい。
その手段や方法を妄想《もうそう》することで、日々の現実から心を守っていた。
そんなある日のことだった。
スウェイは上官の使いで軍施設の研究室まで書類を運んでいた。
そのときに、通りすがった部屋から会話が聞こえてきた。
「これがあれば、意識を保ったまま怪物化することができる」
「我々の研究成果がようやく形になったな」
研究者何人かが、互いを労《ねぎら》っているところだった。
兵器らしき物を作っていることはわかったが、詳しくはわからなかった。
それがあれば、あいつもこいつも、全員殺せる――。
いつものクセで妄想していると、持っていた書類を落としてしまった。
「誰かそこにいるのか――!?」

スウェイは慌てて逃げた。

おそらく、それで自分のことを知られたのだろう。

数日後のことだった。

「スウェイ君、君は選ばれた」

上官よりもさらに上席の中佐に呼び出され、そう言われた。

作戦概要を詳しく説明された。

新薬のテスターとして苦戦しているフラビス城塞へ向かってほしいとのことだった。

「曹長への特進。特別報奨金として一〇〇万リンを支給しよう。決行日まで自由にしていてくれたまえ」

「それは嬉しい限りです」

あの薬を自分が使える。

スウェイはふたつ返事をした。

元に戻れるかどうか、中佐は言及しなかった。

それが可能だとしても戻るつもりもなかった。

自分が特別だから選ばれたのではない。

ただの口封じと人体実験がしたかっただけだろう。

下等兵一人で戦況が打破《だは》できるのであれば、儲けもの。

それくらいの感覚なのだろう。

ああ、やはりダメだ。滅ぼさないと。この手で。

決行日を待っていると、スウェイのことをどこで聞きつけたのか、接触してくる人物がいた。

魔王軍の工作員だと彼は言った。

スウェイは彼の要求に従った。目的が同じだったからだ。

そして決行日が決まり、運び屋と呼ばれる青年に引き合わされた。

いい人だった。

もっと違う形で出会いたかった。

もっと話がしてみたかった。

顔を合わせれば適当な挨拶《あいさつ》をして、世間話《せけんばなし》をするような、そんな仲になれたかもしれない。

だが、遅かった。

決意は揺るがなかった。

当日、研究資料と試薬品のすべてを強引に盗み出したスウェイは、フラビス城塞へ向かった。

◆ジェイ

思った通りだ。

どういう経緯《いきさつ》があったかわからないが、スウェイは魔王軍側に手を貸すつもりらしい。

連合軍の部隊は、あの巨大オーガが城塞をめちゃめちゃにすると信じて進軍を続けている。

「少ない犠牲で城塞攻略どころか、あれじゃ全滅する」

城塞内部では、巨大オーガを目の当《ま》たりにした敵軍兵士の士気が急上昇している。

「キュック、高級肉を食わせてあげられると思ったんだが、悪《わり》ぃ。成功報酬のほうは無しだ」

キュックに言うと、残念がるように小さく首を振った。

「……スウェイを止める。行くぞ、キュック」

「キュォォォォ――――――――ッ！」

夜空に向かって白銀《はくぎん》の子竜が吠《ほ》えた。

俺はキュックに乗って崖から飛び出した。

「スウェイ――――――！」

腰に佩《は》いた剣が心もとなく感じるのははじめてだ。

スウェイの足下には、敵を待っている魔王軍の兵士が多数いた。

城塞前の川を連合軍が渡りはじめると、雄叫《おたけ》びを上げた魔王軍が開いた城門から討《う》って出た。

「キュォオッ！　オォォォッ！」

珍《めずら》しくキュックが興奮《こうふん》している。

ブフォ、ブホ、と口の中で炎を燻《くゆ》らせていた。

こんなふうになるのは、トカゲから進化したとき以来だ。
「撃つんだな、キュック!?」
その気持ちだけが伝わってくる。
俺は魔力をキュックに注ぐと、すぐに反応があった。
キュックは首を反らして顔を空に向けた。
魔力を纏《まと》った黒い炎が口の中に溜《た》まっていく。
「キュオォオォアァァァァァァ――――――――ッ！」
黒い閃光《せんこう》が夜に煌《きら》めくと、キュックは黒銀《こくぎん》の炎をスウェイに向かって吐き出した。
放射状に伸びるキュックの攻撃がスウェイに直撃する。
スウェイの顔面で爆炎が上がり、濛々《もうもう》とした煙が立ち込めた。
下では、俺たちの存在に気づいた魔王軍兵士が、矢や魔法を放っている。
だが、キュックは鮮やかに回避し、スウェイの周辺を旋回する。
キュックの飛行速度が徐々《じょじょ》に落ちている。
あのブレス攻撃は、相当消耗《しょうもう》するようだった。
何か重苦しい声らしき音がすると、煙の中から巨大な手が伸びてきた。
「簡単にはやられてくれないらしいな」
【ジェイ……】

今度は、はっきり聞こえた。
「スウェイ！　今すぐやめろ！」
【……アトもどり、デキなイ】
地獄から響くような濁《にご》った声だ。
きちんと俺のことを理解して、会話もできる。
スウェイとしての意識はあるようだった。
片方の手が、俺たちを握り潰《つぶ》そうと迫ってくる。
抜いた剣で間合いに入った指に斬撃《ざんげき》を食らわせる。
手を引っ込めたが、スウェイは動じない。
【ニンゲンに、滅び、ホロばなければ。フクシュう、ヲ】
こいつがどうしてこんなことをしたのかはわからない。
相当な恨《うら》みがあるんだろう。
【ボくをナグって、バカ、ニ、して。コロす】
「全員を殺す必要はあるのか？　他人を巻き込んで。おまえはそれで満足なのか？」
【ユル、許サない】
許さない――。
俺もそう思った時期があった。

かなり長い時間あった。

【ナニもデキないボグを、ヨワイ、ガラ、ナグッテ、ユル、許さない】

俺がはじめて召喚した召喚獣は、ただのトカゲで、召喚士としては欠陥しかなかった。

罵《ののし》られ、嘲《あざけ》られ、蔑《さげす》まれた。

スウェイは、剣の道を見つけられなかった俺だ。

地上では、魔王軍と連合軍の壮絶な戦いが繰り広げられている。

オーガを俺一人でひきつけているから、戦況は五分といったところだった。

スウェイは森の木々をまとめて引き抜くと、俺に向かって投擲《とうてき》した。

【トメるな。破滅。ミンナハメッ】

「……おまえだけがバカにされて殴られたと思うなよ。自分だけ特別な悲劇のヒーローか」

仲良くなれそうだと思った俺たちは、どこかでお互いを似ていると感じたんだと思う。

キュックの首筋を軽く叩くと瞳《ひとみ》がこちらを向く。

俺が会話を続けた時間で、準備を十分整えたようだ。

「破滅？　滅ぼす？　殺す？　自棄《やけ》を起こして八つ当たりしているだけだろ」

【……】

「甘えんな」

あの巨体でも、きちんと刃は通る。

俺の全力の斬撃をあいつの体の中心に向けて放てば、あるいは――。

「おまえがムカついたやつらをあとで殴りに行けるように、どうにかしてやるからな」

望みがあるとすればアレだが、今どこにあるのかわからない。

俺たちを叩き潰そうと、スウェイが腕を振り回す。

風圧でキュックがグラつき、体勢を崩した。

「きゅっ――」

スウェイはまだ手に持っていた大木の数々をナイフのような手軽さで投げつけてくる。

ご丁寧《ていねい》にわざわざ軌道を変えてきやがって。

「きゅうう……！」

どうにかキュックが回避しようと飛ぶ。

間に合わないものは俺も剣で叩き落としていった。

スタミナが切れはじめたキュックは、接近どころか回避に精一杯《せいいっぱい》だった。

「耐えてくれ、キュック。隙《すき》を作る」

『向こう』から合図があった。

この任務前、万が一に備えさせておいて正解だったな。

「召喚《サモン》」

もう一体の、もう一人の召喚獣を俺は呼んだ。

地上に淡い光とともに、人間が姿を現した。

その数は一人ではなく二〇人ほどの一団だった。

「お頭——ピンチですかい？」

「わっ。一瞬で戦場のど真ん中じゃない!?」

俺が召喚したのは、ビンとその手下たちとフェリクだった。

「んじゃこれぇぇぇぇぇぇぇ!?」

「おっきいいいいいいいいい!?」

巨大化した魔物を目の前にして、二人は目が飛び出すほど驚いていた。

「このデカブツの注意をそらしたい！」

俺が声を上げるとフェリクがこっちに気づいた。

「任せて！」

ビンは親指を立てて反応した。

「了解。存分《ぞんぶん》にやらさせてもらいます！　——野郎ども、日頃世話になってるお頭に恩を返すときが来たぜ！」

おぉぉ、と手下たちの士気は高い。

ビンの召喚にちょっとしたルールを見つけたのは偶然だった。

一度町に呼び出したとき、たまたま手が触れていた手下もこちらへやってきたのだ。

わかったのは、ビンに間接的にでも触れているのであれば、契約をしていなくてもビンと同時に呼び出せるということだった。

ただ、限界はあり、今回のこれが上限の人数だ。

それ以来、何かある度《たび》に意思表示をし、ビンと手下たちには準備をしてもらうようにしていた。

今回はフェリクも待機してもらっていた。

フェリクたちに気づいた魔王軍の兵士が迫ってきている。

「フェリクの嬢ちゃんを守れ。一番火力が出るのが嬢ちゃんだ！」

「わかってるじゃない――！　いくわよ！」

得意魔法のフレイムショットがスウェイの胸に直撃した。

ダメージを与えた様子はないが、注意がそちらへ向いた。

「まだまだ！　レッドサークル！」

先日試した新魔法だった。

スウェイの足下から炎の柱がドオンと噴き上がるとスウェイが嫌がるように一歩後ずさった。

スウェイが完全にフェリクへ注意を向けた。

「今だ。キュック、行こう」

「きゅう」

接近していくが、俺たちのことを忘れたかのように、スウェイは足下のフェリクたちへ向けて攻撃を開始する。

「キュッ――――！」

撃てる準備が整ったらしい。

俺は残る魔力をすべてキュックに注いだ。

「キュォォォォアァァァァァ――――ッ！」

吐き出した黒い炎がスウェイに直撃。

大きな体が煙に包まれた。

俺たちは勢いそのままにスウェイとの距離を詰めた。

煙の中に突っ込み、次に何か見えた瞬間には黒い壁……いや肌がそこにあった。

位置からして胸元だろう。

「ギュォッ」

キュックがスウェイに体当たりをして、剣の間合いと足場を作ってくれた。

「オォォォォォッ！」

俺は上段に構えた剣を渾身《こんしん》の力で振り下ろした。

斬撃を中心に衝撃波のような波紋《はもん》がスウェイの体中に広がる。

【ウぎャァアあああ――!?】

もう一撃――。

刃を返し、全身の力を使って斬り上げた。

【ナんで――――っ……】

巨大な斬り傷を負ったスウェイが背中から倒れる。

傷口から血を流し、城壁にもたれている。

動く気配はしばらくなさそうだった。

ヘロヘロになったキュックがゆっくりと地上へ降りていく。

俺は首筋をとんとんと叩いてやった。

「助かった。ありがとな、キュック」

「きゅ」

地面に降り立つと、召喚状態を解除しキュックを戻した。今日はもう飛べないだろう。

フェリクたちがこっちへ駆け寄ってきた。

「あの巨人はやったの!?」

「意識を失っているだけだと思う」

スウェイを倒されたことが衝撃だったのか、味方だと思っている連合軍も味方の魔王軍もどちらも戦いの手を止めていた。

おかげでかなり静かだった。

「久しぶりに暴れるってのは気分がいい」

賞金首だったビンはどこか楽しそうだった。

「このあとはどうするんですかい、お頭」

「あのデカブツは、元々人間なんだ。元に戻してやりたい。……その薬があの城内にあるはずなんだ」

オーガになったスウェイが渡していた鞄。

食料が入っていると言っていたが、もし元に戻る薬があるとすれば、あの中だろう。

確証はないが、スウェイはすべて持ち出した、と言っていた。

あの中佐は、捨て駒《ごま》としてスウェイを戦場で暴れさせたあと、どうするつもりだったのか。

トラブルが起こり、もしスウェイが人間の街で暴れたら……？

何も考えていないはずがない。

不測の事態に備えて、緊急手段の薬があるはず――。

「まだ時間はそれほど経《た》っていない。城内にあるはずの鞄を探してくれ」

「任せてくだせぇ――！」

幸いにも魔王軍の大半《たいはん》が出払っている。

連合軍と交戦中だから簡単に引き返すことはできないだろう。

鞄の形状を簡単に伝えると、ビンは手下たちを引き連れ、城内に向かった。

「フェリク、来てくれ。ここに留まるほうが危ない」

「ありがとう。けど心配は無用よ」

フェリクは赤髪をなびかせながら早歩きでビンたちを追いかけた。

ちょっと前まで、戦闘になるとテンパっていたのに。

「成長するもんだなぁ」

俺はのん気につぶやいてフェリクたちのあとを追った。

◆Side Another

「ギガンテスがやられた――――!?」

フラビス城塞を預かる魔族の男、城主のキーウィルは窓の外を見て愕然《がくぜん》としていた。

オーガ化したあの巨体の魔物を、キーウィルはギガンテスと呼んでいた。

「あ、ありえんッ！　巨神兵ギガンテスがッ!?」

おかげで作戦が無茶苦茶だ。

ギガンテスを擁《よう》したフラビス城塞の守兵で連合軍どもを蹴散《けち》らすはずが――。

その鍵《かぎ》であるギガンテスは、現在城壁にもたれかかったまま完全に動きを止めている。

「誰がどうやってギガンテスを……！」

歯ぎしりしながら壁を思いきり叩いた。

そして冷静になった。

守兵はギガンテス頼みで攻撃に出ている。それなしで連合軍と正面からぶつかるとなると、地の利はあれど不利……。押し戻されるのは時間の問題。

最重要拠点のひとつとして預かっているここが、落とされてしまう。

「陛下《へいか》のご気分を害してしまうッ！　魔族四七侯が一人、このキーウィルがだ！」

城内が騒がしい。

扉が雑に開けられると、そこには部下の魔族がいた。

「キーウィル様！　小隊ほどの敵の侵入を許しました！」

「数十のニンゲン相手に情けない！　その程度どうにかせよ！」

「しかしそれが！　一人！　とくに剣を持っている男が滅法《めっぽう》強く……！　剣が見えません！」

「そなたの目が悪いだけであろう」

なんだ、剣を持っているのに、見えないとは。

ナゾナゾか。

持っているとわかっている時点で、見えているではないか。

「魔法の類《たぐい》……！　あれはまさしく！　ニンゲンどもが開発した新魔法の何か！」

「バカたれ。魔族の恥《はじ》さらしめ。我ら魔族に理解できぬ魔法はない。何が新魔法だ」

キーウィルはひとつ決心をした。

ギガンテスの男は上手く薬を持ち出したようだった。

やつが渡した鞄の中には、あの薬が十本に解除の薬、それら製法を記した資料が入っていた。

これがあれば、フラビス城塞陥落《かんらく》の失点などどうとでも挽回《ばんかい》できる。

「フラビスを諦《あきら》める。脱出の準備をせよ。このキーウィルが生きていることこそ肝要《かんよう》であると心得よ」

「は」

そう言ったまま、部下が硬直した。

「何をしている。とっととゆかぬか」

不審《ふしん》に思い目を凝らすと、部下は口から血を垂《た》らし、胸から刃《やいば》を生《は》やしていた。

どん、と物音がして部下が前に倒れる。

「話からすると、おまえがここのトップだな」

ニンゲンの男が一人、血濡《ちぬ》れた剣を持って佇《たたず》んでいた。

ヒョン、と血振りをすると、キーウィルお気に入りのアンティークの家具に血が飛び散った。

「下郎《げろう》めが……！　蒐集《しゅうしゅう》した絵画に机に椅子に血を……ッ！　蛮族《ばんぞく》、ここをどこだと心得るかッ!!」

「知るか。その薬、渡してもらう」

「ニンゲン風情《ふぜい》の言うことなど聞くと思うか！」

「思わない。ただの確認だ。戦うつもりのないやつを斬るのは気が引けるからな」

ふつふつと怒りがこみあげてきた。

思い通りにいかないギガンテス。あっさり目の前で死んだ部下。

このままでは落ちるであろうフラビス城塞。

そして何より、落ち着き払ったこのニンゲンの堂々とした態度に腹が立った。

「こんんんんんのキイイイイウィルををををを愚弄《ぐろう》するなアアアアアアアッ！」

激高《げきこう》したキーウィルが叫んだ。

「四七侯が一人。魔炎のキーウィルを前に愚《おろ》かなニンゲンよなアッ！　これを食らってまだ同じ態度が取れるか!?　吹き飛べ――ファイアストーム！」

城塞ごと吹き飛ばすつもりだった。

「誰が誰を斬るだとォォォォ!?」

キーウィルは真紅《しんく》の剛炎《ごうえん》を出入口を塞《ふさ》いでいたニンゲンに向けて放った。

「俺が、おまえをだよ――」

言葉が聞こえた瞬間、キーウィルの視界は天井を映し、直後見えないはずの自分の背中がなぜか見えた。

「きら？　きら、きらきら斬られた？」

混乱する中、激痛が走ったと同時に、首のない自分の体が血を吹きゆっくりと倒れていくのが見えた。

そのあとは、何も感じず目の前が真っ暗になった。

◆ジェイ

薬が入っている鞄を奪取した俺は、まだ城内を探し回っている仲間に見つけたことを伝えた。

捜索を指示したビンの手際がかなりよく、手下たちの行っていないところを探したら大当りだった。

城壁の上にやってくると、スウェイはまだうっすらと口を開けたまま動かないでいる。

かすかに呼吸の音がしたので、どうにか生きていることがわかった。

鞄の中を確認してみると、スウェイが飲んだものと同じ薬が何本も出てきた。

すべて持ち出したと言っていたあの発言は嘘《うそ》ではなかったようだ。

研究資料らしき紙束も出てきた。

難しい単語が並ぶ資料にさらっと目を通していく。

「これだな」

解除の薬はたしかにあり、それは思っていた通り鞄の中にあった。

「勝てれば何でもいいのかよ」

解除の薬以外を地面に叩きつけて割った。

俺はまだ動かないスウェイのそばに近寄り、解除の薬の蓋《ふた》を開ける。

「きちんと作用すれば戻れるぞ、スウェイ」

おまえは嫌がるかもしれないが。

口元から薬を流し込んでいくと、スウェイは何度か咳《せき》をした。

すると、体がぼんやりと光った。

肌の色が元に戻り体のサイズも俺が知っているスウェイのそれとなった。

……だが、アレまでは元には戻らなかった。

「ジェイ……酷《ひど》いな、君は」

ようやく目を覚ましたスウェイはかすかにしゃべると、目元をゆるめた。

「手加減しようがなかった。悪い」

俺が与えたダメージは致命傷となっていた。

俺は意味があるかどうかわからない応急処置を施《ほどこ》していく。

「友達にあんな攻撃をするなんて、なんて酷いヤツなんだ」

口角《こうかく》が一瞬上がる。

冗談を言って笑ったのだとわかった。

「友達だろうと何だろうと、さすがにああなれば止める。……いや、友達だからこそだろう」

キュックを酷使《こくし》し過ぎた。今日はもう呼び出しても飛べない。

まともな処置ができるであろう連合軍の本陣はまだはるか遠い。

「君の手にかかるのであれば本望《ほんもう》だよ」

俺はスウェイを背負った。

「どこへ」

「怪我人《けがにん》は手当てできるところまで運ぶのが当然だろ」

「人が好《い》い。わかっているだろうに」

「しゃべるな。傷に障《さわ》る」

聞こえていないのか、スウェイはぼそっと話した。

「……元々、意気地のない僕が悪いんだ。間違っていた。あのまま君が止めてくれなければ、とんでもないことになっていた。研究室から持ち出した関連資料と完成品がある――」

「大丈夫だ。取り返した」

「……君の言う通り、八つ当たりだったんだ。君の正論に、僕は何も言い返せなかった。図星だったんだ……」

背中から聞こえる弱々しい声には答えなかった。

「人間を滅ぼすなんて覚悟ができたんだ。今なら嫌いなやつの一人や二人殴れるだろ」

「……かもね」

城内の階段を降りて外に出る。

歓声が上がっている。

連合軍がフラビス城塞から出撃した魔王軍を打ち破ったところらしい。

旗《はた》が近くに見えたので俺は叫んだ。

「衛生兵――！　衛生兵はいないか――!?」

見かけた連合軍の兵士に声をかけたが首を振られた。

「なんて意味のない……僕の人生は、つまらなくて、なんて意味のない――」

「そんなことはない。――おまえが嫌いなやつを今から全員殴りに行くぞ。しっかりしろ」

遠くに見える山の稜線《りょうせん》が赤く燃え、一帯を明るく照らしはじめた。

朝焼けだ。

「これをもらってほしい」

スウェイは腕を伸ばした。その手首に革《かわ》細工のブレスレットがあった。

「たぶん、大事なものだろ？　受け取れない。それに、男からプレゼントもらっても嬉しくねえんだよ」

俺は冗談めかして言った。

周囲は魔王軍の死体だらけで、少し先の川が血で染まっている。

「こんな死に際でも、やっぱり許せないなぁ。あの人たちのこと、死に際になれば許せると思ったんだけど」

「あとちょっとだ。黙ってろ」

朝陽《あさひ》が顔を出し、俺は陽光に目を細めた。

俺は努めて明るく話しかけた。

「スウェイ、他人を殴ったことはあるか。おすすめは腹だ。顔面は拳《こぶし》を痛めるからな。ああ、そうそう、酒が飲めないなんて言わないよな。二番通りの食堂、行ったことないか？　何年王都で兵士やってるんだよ。最近配属されたのか？　あそこの店なら、潰れるまで飲んでいいぞ。俺も結構飲むつもりだから。おまえのおかげで報酬はかなりもらってるんだ。だから……」

「……ありがとう、ジェイ……」

手首にあった革のブレスレットが足下に落ちた。

「どうやら上手くやってくれたみたいだね」

にんまりと中佐が笑った。

あの日の会議所で改めて俺は依頼主に報告をしていた。

「報告はすでに聞いているよ。『謎の巨人』が出現しフラビス城塞は陥落……。クックック。私が思い描いた通りだ！　この手柄《てがら》で私は階級が上がる……！　フクク……！」

俺はぐっと拳を握った。

何が謎の巨人だ。

そうなるようスウェイに指示していたくせに。

「成功報酬の八〇〇万リンをすぐに用意させる。そのために今日来たのだろう？」

下卑《げび》た笑いを浮かべて唇《くちびる》を歪《ゆが》める中佐に、俺は首を振った。

「いえ、八〇〇万は要《い》りません」

「ほほう？　他にもっとほしいものがある、と？」

「はい」

そう言って俺は立ち上がった。

「一発、思いっきり殴りますので、歯を食いしばっていただけますか」

「はえ？」

「お金を受け取らない代わりに、一発殴ります」

「は？ ……え？ き、君は一体何を言っているのかね」

「安いものでしょう」

うろたえる中佐は、慌てて声を上げた。

「だ、誰か、おらぬか！ ろ、狼藉《ろうぜき》を働こうとしておる！ ――中佐のこの私にそのようなことをして許されると思っておるのか!?」

「中佐だろうが誰だろうが、関係ありません。許さなくても結構です。俺もあなたのことを許さないので。『微々』たる犠牲を払ったあの作戦は上手くいったのでしょうが。……ではいきます――」

「あひいいいいいいいいいいいいい!?」

中佐との間にあったローテーブルを踏み、情けなくガードのように手を突き出す中佐の顔面を俺は思いきり殴り飛ばした。

「おふっ!?」

ドゴッ、と重い音がすると、中佐はひっくり返りソファの裏に頭から落ちた。

「き、貴様……！ な、殴りおったな!? 八〇〇万をフイにして、私を殴るなど……！ 貴様を拘束《こうそく》するッ！ 誰か！ この男を捕えよ！」

さっきから呼んでいるのに、誰も来ないのには理由がある。

「どうやら済んだようだね」

騒ぎを聞いて……いや、さっきからずっと外で事が終わるのを待っていた第四軍参謀《さんぼう》長が中に入ってきた。

以前アルアの依頼を受けて、資料を届けた丸眼鏡《めがね》の老将官だ。

実は、誰に相談していいのかわからず、俺はこの人に依頼とその内容と研究資料、そしてフラビス城塞で起こったことすべてを教えていた。

参謀長はまだひっくり返っている中佐を覗き込んだ。

「マーブル中佐」

「ふはっ⁉　ハロエム准将《じゅんしょう》閣下《かっか》⁉　参謀長として従軍中のはずがどうしてここへ⁉」

「彼から、色々面白《おもしろ》い話を聞いてな」

穏《おだ》やかに老将官は話した。

「そのようなことが、我らが留守中に起きているとは思わなんだ」

「……っ、お、おも、面白い、話……？」

中佐の顔色が、瞬時に土気色《つちけいろ》に変わる。

俺に目線を寄こしたので首肯した。

「軍があんなことをしているのが信じられなくて、参謀長に相談をさせていただきました」

「……」

土気色をした顔色が、今度は紙のように白くなった。

「ずいぶんと好き勝手したようだな、マーブル中佐。いや、マーブル。……拘束されるのは、そなたのほうだ」

「わた、私が？」

「外道《げどう》の薬を開発し兵に投与。兵器に仕立て上げフラビス城塞で暴れさせる……軍の作戦としての理は認めるが、なんと胸糞《むなくそ》の悪い作戦か……ッ」

「く、苦戦していたのは事実……。犠牲者を多数出したのも事実……！　綺麗ごとでは魔王軍に勝てません……！」

「うむ。一理ある。当然その作戦は、軍司令部全体で認められているものであろうな？」

「そ、それは……………」

ここが泣き所だったらしく、中佐はだんまりを決め込んでいる。

好き勝手した、というのは、このことだったらしい。

「あの外道の薬は、王国を汚す負の歴史となったであろう！　歴史書に主導者であるそなたの汚名が記されるところであったのだ。ジェイ殿に感謝すべきであろうッ！」

参謀長が一喝《いっかつ》すると中佐は立ち上がった。

「はひぃいいいいいいい……」

そして、俺に深く頭を下げた。

「私の、汚点を……！　ぐふうう……っ、帳消しにする戦果を、上げてくださり、感謝の念に堪《た》えません……」

などと口では言っているが、歯ぎしりの音が聞こえるし、拳もずっと握られたままだった。

俺は参謀長に言った。

「すでに報酬はいただきましたので、こちらから言うことはもうありません」

「そうか。それならよかった。軍からの依頼は、今後も引き受けてくれるだろうか？」

機密と言われ俺は踏み込まなかった。

ただ運べばいいだけだと。それが仕事だからと詮索《せんさく》はしなかった。

だが、今後は今回のようなことを起こさないために、俺はひとつ決めた。

「きちんと詳細を明かしてくれれば」

「わかった。もし我が軍が依頼をする際は、それを徹底させよう。渋る輩《やから》がいれば、私に報告してくれたまえ」

「ありがとうございます。……それならあとは、報酬次第で何でも運ばせていただきます」

参謀長が人を呼ぶと、数人の兵士が中に入ってきた。

「マーブルを拘束せよ。軍法会議にかける」

「そんな……！　このマーブルが作った研究チームの開発は利するものであり――王国を想え

ばこそのことで――――！」

愛国心からの行動だと中佐は言うが、どこか嘘くさい。

「功名心に逸《はや》ったな、マーブル。他にやり方があったろうに。通すべき筋がある。そなたはそれらを無視した。軍法会議で沙汰《さた》が下る。それまで牢《ろう》で過ごすのだな」

「そんなぁあああああああああ」

喚《わめ》き声を上げるマーブルは、縄《なわ》で縛《しば》られ連れていかれた。

すぐに静かになった会議所で、参謀長はこちらを振り返る。

「他に、何かあるかな？」

「ええ。とある兵士の所属を調べてほしいのですが」

「それくらいお安い御用だ」

そう言って俺は所属と使っていた兵舎を調べてもらうことにした。

しばらくしたあと、参謀長の部下がいつもの食堂へやってきてメモを渡してくれた。

所属は、この王都を警備する近衛兵《このえへい》団だった。

どうやら、スウェイは俺が思っているよりも優秀だったらしい。

使っていた部屋は相部屋で、他に三人がそこで寝起きしている。

兵舎の部屋の前で待っていると、任務が終わったのか、だらだら歩きながら三人がやってきた。

こいつらは、出発のとき絡《から》んできたやつらだ。

「なんだ、あんた？　何か用か？」

「あ――、あんたトカゲの召喚士か？」

「あの、Fランク召喚士サマの？　おい、トカゲ召喚してみせてくれよぉ」

俺の素性《すじよう》がわかるや否《いな》や、三人ともニヤニヤとにやついて犬歯《けんし》を覗かせた。

こっちが下だとわかると態度を一変させるような輩か。

「おい、どけよ。オレたちゃ疲れてんだ」

「そのケツに槍《やり》でもう一個穴を作ってやろうか？　あァン？」

俺もこの手の野郎はよく相手にしていた。冒険者ギルド近辺限定だ。

けど、あいつは常に同じ空気を吸わなくちゃいけなかったんだな。

「あんたら、スウェイと同室か？」

確認をすると、俺からその名前が出るのが意外だったのか、三人は顔を見合わせて笑った。

「そんなやつぁ知らねえな！」

「オレたち以外にもいるにはいたが……名前あったっけ？　ケケ」

「便所ゴミムシ野郎なら知ってるぜ？」

最後の一人の言葉が爆笑を誘ったのか、二人が腹を抱えて笑いはじめた。

……よかった。何の罪悪感もなく暴力が振るえる輩だ。

やっぱり許せないとスウェイは言っていた。

俺がこんなことするのはお門違《かどちが》いかもしれない。

俺はあいつに自分を重ねてしまっているだけなのかもしれない。

でも。

「死んじまったんだろ、あいつー。おかげで広々と部屋が使えて――」

まだニヤつく顔面に、俺は渾身の力で拳を叩きこんだ。

「びぎょ」

そいつはカエルのような鳴き声を上げて三回転しながら吹き飛んで廊下を転がった。

「な、なッ――何しやがるテメェ！」

「自分のことなら慣れているが……やっぱり自分とかかわりのある誰かが侮辱《ぶじょく》されるのは、我《が》慢《まん》できないらしい」

「何言ってやがんだ、こいつ……！」

殴りかかってきた一人の腹を殴り、くの字に体が折れたところに、側頭部へ蹴りを放つ。

古臭い壁に激突し突き破った。

上半身が壁の中に入ったまま、ぴくりとも動かない。

唖然《あぜん》としている一人は、俺が一歩近づくと尻《しり》もちをついた。

「近衛兵だろ。暴漢を見つけたらどうするんだ？」

「え。え。え？　Fランクじゃ……。トカゲの野郎……ここ、こんな、こんな、こんなに、つ、強、ちゅよいの……？」

背中を見せて、ずりずり、と這《は》うように逃げていく。

漏《も》らして股《また》をびちゃびちゃにする男は、化け物を見るような目をして涙を浮かべていた。

俺はその両足を摑《つか》んだ。

「おまえよりは『ちゅよい』と思う」

「いやだぁあああ!?　あああああ!?　何を、何するんだぁぁぁぁぁああ!?」

ぐっと力を入れて、閉まっていた窓へ向けて思いきり放り投げる。

ガラス窓を突き破り、そいつは外で血まみれになっていた。

最初に殴り飛ばしたやつも、壁の中にいるやつも、外に放り投げたやつも、ぴくりとも動かない。

もう立てないのかよ。

「立てなくなるまで殴るつもりだったのに」

警備を預かる近衛兵がこの程度なんて、王都の治安が心配だ。

騒ぎを聞きつけた他の兵士がやってきたが、俺があの老将官ハロエム准将から許可を得ていると説明するとすぐに去っていった。

あいつらの部屋に入ってみると、両脇《わき》に二段ベッドがあり小さな机と椅子が四つあった。

ひとつには、低能な落書きがびっしり書いてある。

会話をしたのはほんの数回で、知り合ってから間もないがわかったことがある。

許せないと言っていたが、優しいやつだ。

生きていても、きっとあんなやつらを殴ったりなんてしなかっただろう。

ここに連れてきても、ヘラヘラ笑っているだけなのが目に浮かぶ。

最後に、俺は机をぽんぽんと叩き、兵舎を出ていった。


食堂で美味くもない酒を飲みながら、向かいに座ったフェリクに謝った。

「悪かったな。細かく事情を説明しないまま戦場に呼び出して」

「準備しておけって聞いたから、何かやるんだろうなとは思ってたわよ？　さすがに戦場に呼び出されるとは思わなかったけれど」

そう言ってフェリクは苦笑した。

「驚いたわ。『お頭からお呼びがかかったぜぇぇぇ！』って、ビンが言って、手下たち全員と手を繋《つな》いで待っていたら、次の瞬間戦場なのよ？」

ビンの召喚は、間接的にでもビンと繋がっているとその効果範囲だと以前わかった。

「アイシェ考案の蜂蜜《はちみつ》ジュースがある。これが美味いんだ」

そのジュースを注文すると、すぐにアイシェが運んできてくれた。

フェリクはそれをちびりと飲んで、目を丸くしている。

「甘いけどすっきりしてて飲みやすい」

「だろ？」

何も教えていないフェリクに、俺は依頼の話をした。

「軍から依頼があったんだ」

依頼は高額な報酬であの戦場までとある兵士を移送すること。気が合うそいつがあの大オーガとなったこと……。

あいつが許せないと思っていたやつらがいたこと。

「……んで、今日は、個人的な仕返しをしてきたってわけだ」

楽しくも何ともない話だ。

フェリクの反応がないので手元の杯《さかずき》から視線を上げると、うるるるるると瞳から大粒の涙を流していた。

「どうして、そんなことに……っ」

「さあな」

「ビンが契約できたのだから、そのときに、契約してあげればよかったのに……」

もちろん試したが、瀕死《ひんし》の状態で契約はできなかった。

「せっかく、ジェイが仲良くなれそうな人だったのに……悲しいわ……」

フェリクは口をへの字にしてぽろぽろ、とまだ涙をこぼしている。

「持っててほしいって言われたから一応持っているが、墓に供《そな》えたほうがいいだろうな」

あのブレスレット。

兵士共同の墓地があり、そこにスウェイは眠っている。

「きっと、友達のあなたに持っていてほしいのよ」

「友達……というか、そうなれそうだった、というか」

「じゃあもう友達じゃないっ！　大きくくくれば友達よ！　何をモジモジしているのよ。戦いではあんなに頼りになるのに」

友達なんてキュック以外にいたことがないので、フェリクが言う定義にピンとこなかった。

ハンカチで涙を拭《ふ》いたフェリクは、鼻を一度くすんと鳴らした。

「呼んであげられないのかしら」

「呼ぶ？」

「ええ……だって、あなた、召喚士でしょう？」

召喚には、内契約と外契約がある。前者はキュック。後者はビン。

内契約は、術者の実力に応じた何か……契約を承諾《しょうだく》した召喚獣が姿を現すとされている。

元々性格が合う召喚獣だから契約を承諾してくれるのでは？　……っていうのは、何かの論文にあった。

それが、謎の多い内契約の仮説のひとつだ。

可愛《かわい》いトカゲちゃんが、今やバハムート（らしい）なのだから、召喚しっぱなしにしてみるものだ。キュックは冒険者としての俺の戦いを見て育ったんじゃないかと俺は思っている。

だが、フェリクが言っていた通りのことができるなら、死者を召喚獣として呼び出すことになる。

上手くいくとは到底《とうてい》思えない。

「やってみないとわからないわよっ！」

ジュースからいつの間にか酒を手にしていたフェリクが、怪しい呂律《ろれつ》で力説してきた。

ビンのときもそうだった。

やるだけやってみるか。

飲み足りないフェリクのために酒瓶《さかびん》を数本買ってやり、キュックを呼んで別荘まで飛んだ。

「きっと来てくれるわ。ジェイの友達なんだもの……」

「きゅぉ！」

半分寝ているようなフェリクの言葉のあと、キュックが同意するような声を上げた。

「まず、召喚獣が来るかどうかなんだよな」

内契約は、何度か試したことがあるが、結果はこの通り。

といっても、最後に試したのが数年前なので、もしかすると、もしかするかもしれない。

到着すると、もう夜と言っても差し支えのない時間となっていた。

座るキュックに背をもたせてフェリクが座る。

一体と一人が見守る中、俺は召喚魔法を使った。

足下に白い魔法陣が広がる。

「応じる者あれば応《こた》えよ。汝《なんじ》の命運は我が手に在《あ》り――」

内契約で何者かと契約しようとするのは、もうずいぶん久しぶりだ。

足下の魔法陣がゆっくりと光った。

「汝、導き手となり我が下《もと》へ集《つど》え――」

詠唱《えいしょう》が終わると、魔力が消費されていく確かな感覚があった。

目の前に大きな魔法陣が展開される。

キュックを召喚したときと同じ魔法陣だ。

そこから魔力の風が天に吹きあがり、風が光を帯びる。

「召喚に成功したのね！」

「きゅきゅきゅー！」

ぼんやりと周囲を照らす魔力の風が止《や》むと、そこには筋骨隆々としたオーガがいた。

「るぉぉおおおおおおッ！」

夜空に声を響かせるオーガは、フラビス城塞で見たそれとは違ってずいぶんと小さくなっていた。

それでも背丈は大人二人分くらいはあるし、俺の胴体より太ももは太い。

「……」

見上げると目が合った。

この目……。

「お、思っていたのと違うわっ!?」

「きゅぉぉぉぉ!?」

目を丸くしてフェリクたちが驚いている。

「いや、召喚獣なら、こっちのほうか」

「るぉ……」

「まあ、座れよ」

俺が言うと、そいつは大人しく指示に従った。

「これからも、よろしくな」

鈍色《にびいろ》の、曇《くも》り空のような肌を叩く。

硬《かた》い皮膚《ひふ》に体温は感じられない。

あぐらをかいているその姿は、肌の色と相《あい》まって巨大な岩のようだった。

「貸しはゆっくり返してもらうことにする。……おまえ用ってわけじゃないけど、酒があるんだ。人間サイズで小さいかもしれないが」

人の姿では役に立たないとでもあいつは思ったんだろうか。

それとも、ただ偶然オーガが召喚されたのか。

どちらにせよ、目はスウェイとよく似ていた。

俺は自分の酒を準備すると、新しい仲間のために杯に酒を注いだ。

「飲めないなんて言わないよな？」

あとがき

こんにちは。ケンノジです。

色々なところで小説を出させていただいておりますが、今回はダッシュエックス文庫様での出版となります。何気にお世話になるのははじめてで、こうしてご縁《えん》があったことを嬉《うれ》しく思います。

新作を出すのは、毎回そわそわします。

何作目かになりますが、まだまだ慣れません。

それと、本作のコミカライズが決まっております！　是非《ぜひ》お楽しみに！


こうして自分が考えた話や書いた文章が本や漫画になるのは、データではなく形として残るので、やりがいみたいなものを感じることもあります。

小説稼業《かぎょう》をしていると時々、いっぱい文章書けてすごいね、と言われるのですが、自分は、小学校や中学校のときの作文は苦手でした。感想文とかちゃんと書けたことがありません。自発的に考えた物や好きなことであれば、どうにか書けるらしいです。

他にも色々と書いてまして、他社様でアニメ化された「チート薬師のスローライフ」という小説も書いてます。アニメ、漫画、小説、お好きなところから触れてみてください。


今作も刊行にあたり、様々な方のお世話になりました。

担当編集様はもちろん、三弥《みや》カズトモ先生には、可愛《かわい》いデザインのヒロインやキュックの強カッコいいイラストなど描いていただき、超ハイクオリティに仕上げていただきました。本当にありがとうございます！　本当にイメージを超す仕上がりで感動するレベルでした。

そういった方々のおかげで、こうして著作を世に出せております。

読者様はもちろん、制作関係者様、販売関係者様、本作に携《たずさ》わってくださった色んな人を幸せにできる作品になったらいいなと思います。

次回も是非お付き合いください。

ケンノジ

コミカライズ決定!!!!
Fランク召喚士、
ペット扱いで可愛がっていた召喚獣が
バハムートに成長したので冒険を辞めて
最強の竜騎士になる
漫画 柚木ゆの
原作 ケンノジ
キャラクター原案 三弥カズトモ

最弱無敗の召喚士が
世界最高の竜騎士へ！
逆転無双の運び屋ライフ!!!
CHECK!
水曜日はまったりダッシュエックスコミックにて
2023年、春連載スタート予定!
ニコニコ漫画
水曜日はまったり
ダッシュエックスコミック

黒猫の剣士
～ブラックなパーティを辞めたらS級冒険者にスカウトされました。今さら「戻ってきて」と言われても「もう遅い」です～
妹尾尻尾
イラスト／石田あきら

魔力が少なくても大丈夫!? 不遇の扱いを受け続け家族を傷つけられたことで限界に達したナイン。彼が次に加入したパーティとは!?

黒猫の剣士2
～ブラックなパーティを辞めたらS級冒険者にスカウトされました。今さら「戻ってきて」と言われても「もう遅い」です～
妹尾尻尾
イラスト／石田あきら

魔力がほぼ0なはずだったナインがついに古竜に勝利！ 魔術師ダリアともいい雰囲気の中、ナインと竜の驚くべき関係が明らかに!?

王立魔法学園の最下生
～貧困街《スラム》上がりの最強魔法師、貴族だらけの学園で無双する～
柑橘ゆすら
イラスト／青乃《あおの》下《しも》

貴族しか魔法を使えない世界で優れた魔法の才能を持った庶民のアルス。資格取得のために入った学園で低レベルな貴族を圧倒する！

王立魔法学園の最下生2
～貧困街《スラム》上がりの最強魔法師、貴族だらけの学園で無双する～
柑橘ゆすら
イラスト／青乃《あおの》下《しも》
キャラクター原案／長月 郁

暗殺者の素性を隠し、魔法学園で断トツの学年1位となったアルス。暗殺組織の任務では貴族のパーティーの護衛を請け負うのだが…。

王立魔法学園の最下生3
~貧困街《スラム》上がりの最強魔法師、貴族だらけの学園で無双する~

柑橘ゆずら
イラスト／青乃《あおの》下《しも》
キャラクター原案／長月 郁

暗黒都市の収益を巡って所属するギルドと敵対勢力の争いが本格化し、アルスは同級生のレナと過ごす休日に刺客を送り込まれて…？

王立魔法学園の最下生4
~貧困街《スラム》上がりの最強魔法師、貴族だらけの学園で無双する~

柑橘ゆずら
イラスト／青乃《あおの》下《しも》
キャラクター原案／長月 郁

アルスが公安騎士部隊に捕縛された!? 投獄された大監獄で出会った意外な人物とは。一方アルス不在の王都とギルドは危機に陥り!?

【第1回集英社WEB小説大賞・銀賞】
パワハラ聖女の幼馴染みと絶縁したら、何もかもが上手くいくようになって最強の冒険者になった
~ついでに優しくて可愛い嫁もたくさん出来た~

くさもち
イラスト／マッパニナッタ

幼馴染みの聖女と過ごす辛い毎日からハーレム天国に!? パーティを抜けた不安はどこへやら、神をも凌ぐ最強の英雄に成り上がる!!

パワハラ聖女の幼馴染みと絶縁したら、何もかもが上手くいくようになって最強の冒険者になった2
~ついでに優しくて可愛い嫁もたくさん出来た~

くさもち
イラスト／マッパニナッタ

最強の力を獲得し勇者パーティーとして冒険中のイグザ。砂漠地帯に出没する盗賊団の首領と対峙するが、その正体は斧の聖女で…？

ダッシュエックス文庫

パワハラ聖女の幼馴染みと絶縁したら、何もかもが上手くいくようになって最強の冒険者になった3
～ついでに優しくて可愛い嫁もたくさん出来た～
くさもち
イラスト／マッパニナッタ

パワハラ聖女の幼馴染みと絶縁したら、何もかもが上手くいくようになって最強の冒険者になった4
～ついでに優しくて可愛い嫁もたくさん出来た～
くさもち
イラスト／マッパニナッタ

パワハラ聖女の幼馴染みと絶縁したら、何もかもが上手くいくようになって最強の冒険者になった5
～ついでに優しくて可愛い嫁もたくさん出来た～
くさもち
イラスト／マッパニナッタ

エルフ奴隷と築くダンジョンハーレム
―異世界で寝取って仲間を増やします―
火野あかり
イラスト／ねいび

人魚伝説の残る港町で情報を集めていると、今後仲間になる聖女が人魚と関わりがあると判明!!　期待に胸躍らせるイグザたちだが…。

新たな武器を求めてドワーフの鍛冶師を訪ねた際、亜人種の聖者に襲撃されたイグザ。その野望を阻止するため、女神のもとへ急ぐ!!

〝弓〟の聖者カナンと激闘を繰り広げるイグザは苦戦を強いられていた。同じ頃、エストナではフィーニスが〝盾〟の聖者を探していて…。

異世界に転生した少年マルスはエルフ奴隷と共に世界七大ダンジョンの攻略と禁忌の魔本を入手する為、寝取って仲間を増やしていく。

ダッシュエックス文庫

エルフ奴隷と築くダンジョンハーレム2
—異世界で寝取って仲間を増やします—

火野あかり
イラスト／ねいび

エルフ奴隷と築くダンジョンハーレム3
—異世界で寝取って仲間を増やします—

火野あかり
イラスト／ねいび

エルフ奴隷と築くダンジョンハーレム4
—異世界で寝取って仲間を増やします—

火野あかり
イラスト／ねいび

エルフ奴隷と築くダンジョンハーレム5
—異世界で寝取って仲間を増やします—

火野あかり
イラスト／ねいび

美少女エルフ、魔法少女のつぎは猫耳少女!?
千人もの奴隷を率いて凱旋パレードを行う傍
若無人な王子から、奴隷少女を奪還する!!

極寒のドワーフの国に到着！　だがエルフ嫁
リリアの様子がおかしい。どうやらエルフと
ドワーフの間には昔から確執があるらしく!?

一人でダンジョン攻略をするという謎の男の
噂に嫌な予感を覚えるマルス。急遽向かった
海底ダンジョンで待つのは美しい人魚と…？

瀕死のシオンを「不死の魔本」の力で救った
マルスたちは、全てを壊すために生きる男、
《漆黒》を倒すために世界樹へ向かう——!!

ダッシュエックス文庫

わたしが恋人になれるわけないじゃん、ムリムリ！（※ムリじゃなかった!?）
みかみてれん
イラスト／竹嶋えく

わたしが恋人になれるわけないじゃん、ムリムリ！（※ムリじゃなかった!?）２
みかみてれん
イラスト／竹嶋えく

わたしが恋人になれるわけないじゃん、ムリムリ！（※ムリじゃなかった!?）３
みかみてれん
イラスト／竹嶋えく

わたしが恋人になれるわけないじゃん、ムリムリ！（※ムリじゃなかった!?）４
みかみてれん
イラスト／竹嶋えく

陰キャが高校デビューしたら学校のスーパースターと友達に!?　と思ったら告白されて!?

恋人と親友、２人の関係を賭けて大バトル!!

恋人と親友のどちらがいいか三年間で見極めることにしたわたしと真唯。そんなある日、黒髪美人の紗月さんから告白されて…!?

弟とケンカした紫陽花さんの家出旅にれな子も同行!?　真唯まで参加して賑やかな道中でそれぞれの募った想いがついに花ひらく…。

真唯や紫陽花さんとの距離感に戸惑い、悩むれな子。それでも高校デビューから積み重ねてきた〝今〟を胸に、答えを叩きつける！

ダッシュエックス文庫

元勇者は静かに暮らしたい
こうじ
イラスト／鍋島テツヒロ

国や仲間から裏切られた勇者は冒険者登録を抹消し、新しい人生を開始！　エルフを拾ったり水神に気に入られたり、充実の生活に!!

元勇者は静かに暮らしたい2
こうじ
イラスト／鍋島テツヒロ

村長兼領主として、第二の人生を送る元勇者。訳あり建築士やシスター、錬金術師が仲間に加わり、領内にダンジョンまで出現して…!?

元勇者は静かに暮らしたい3
こうじ
イラスト／鍋島テツヒロ

元勇者が治める辺境の村に不幸を呼ぶ少女が補佐官としてやってきた！　非常に優秀だが、関わった人物には必ず不幸が訪れるらしく!?

元勇者は静かに暮らしたい4
こうじ
イラスト／鍋島テツヒロ

村長兼領主、今度は仲間と神界へ！　くせ者ぞろいの神との出会いは事件の連続!!　さらに他国の結婚式プロデュースもすることに!?

ダッシュエックス文庫

英雄教室
新木 伸
イラスト／森沢晴行

英雄教室2
新木 伸
イラスト／森沢晴行

英雄教室3
新木 伸
イラスト／森沢晴行

英雄教室4
新木 伸
イラスト／森沢晴行

元勇者が普通の学生になるため、エリート学園に入学!? 訳あり美少女と友達になり、ドラゴンを手懐けて破天荒学園ライフ満喫中!

魔王の娘がブレイドに宣戦布告!? 国王の思いつきで行われた「実践的訓練」で王都が大ピンチに!? 元勇者の日常は大いに規格外!

ブレイドと国王が決闘!? 最強ガーディアンが仲間入りしてついにブレイド敗北か!? 元勇者は破天荒スローライフを今日も満喫中!

ローズウッド学園で生徒会長を決める選挙を開催!? 女子生徒がお色気全開!? トモダチのおかげで、元勇者は毎日ハッピーだ!

ダッシュエックス文庫

英雄教室5
新木 伸
イラスト／森沢晴行

英雄教室6
新木 伸
イラスト／森沢晴行

英雄教室7
新木 伸
イラスト／森沢晴行

英雄教室8
新木 伸
イラスト／森沢晴行

超生物・ブレイドは皆の注目の的！ そんな彼の弱点をアーネストは〝魔法〟だと見抜き!? 楽しすぎる学園ファンタジー、第5弾！

クレアが巨大化!? お色気デートで5歳児ブレイド、覚醒!? 勇者流マッサージで悶絶!? 英雄候補生たちの日常は、やっぱり規格外!!

イェシカの過去が明らかになるとき、王都壊滅の危機が訪れる!? 大切な学園の仲間のため、今日も元勇者ブレイドが立ち上がる…！

王都の地下に眠る厄介なモンスターが復活!? 英雄候補生のアーネストたちは、王都防衛隊と共同作戦につき、討伐に向かったが…？

この作品の感想をお寄せください。

あて先　〒101-8050　東京都千代田区一ツ橋2-5-10
集英社　ダッシュエックス文庫編集部　気付
ケンノジ先生　三弥カズトモ先生

ダッシュエックス文庫

Fランク召喚士、ペット扱いで可愛がっていた召喚獣がバハムートに成長したので冒険を辞めて最強の竜騎士になる

ケンノジ

2023年2月28日　第1刷発行

★定価はカバーに表示してあります

発行者　瓶子吉久
発行所　株式会社　集英社
〒101−8050　東京都千代田区一ツ橋2−5−10
03(3230)6229(編集)
03(3230)6393(販売／書店専用)　03(3230)6080(読者係)
印刷所　図書印刷株式会社
編集協力　梶原 亨

ISBN978-4-08-631500-5 C0193